U0044879

深情海岸

一小石 著

自序

前不久，我在進行「斷捨離」的房間整理時，無意間翻到了一本從前的記事本。裡頭記錄著我和兩個孩子剛到澎湖時的點點滴滴……

心，突然一下子又回到了那個時候！

懷念啊！眞是懷念！

我似乎已經忘了我正在積極「斷捨離」的這件事了，捧著記事本，我認眞地讀了起來……

這些年來，經歷太多事了，幾乎已經忘了初來那時的快樂和幸福感了。

讀著當時寫下的歪七扭八的文字時，我又再一次體驗了那時的感受……當時的快樂也再一次躍上了心頭。

簡單，那麼快樂！

快樂，那麼簡單！

無聲無息又不著痕跡……連我都忽略了歲月過得如此快速。孩子都大了，出門就學去了，我漸老了，田也荒了……。

外在的一切，已非從前，這世間唯一不變的，就是無常、就是變！

唯一值得慶幸的是，我的心經過諸多世事的洗禮之後，面對世間更坦然了、更自在了！我發現這份坦然與自在主要來自於「信任」！

對！是信任！信任生命給我的都是剛剛好我所需要的；信任宇宙的整體運行是完美的、不會出錯的，所有的「發生」都必然是需要發生的。這份「不疑」讓我在面對未知的未來時，不再焦慮了，「順其自然」便流入了我的心流。

之後，我開始著手整理這些文字，把它集結成一本散文集。一字一心意、一頁一情懷，在此，誠心誠意地獻給一切有緣人。

感恩成就這本書的所有人、事、物；感恩一切善因、善緣！

祈願讀著此書的您，平安、幸福。

目錄CONTENTS

我在這裡

今年是西元二零一一年，中華民國一百年。今天是農曆正月初五，我帶著兩個孩子來到這裡。

我在這裡！

我在澎湖西嶼。

花草的種子隨風、隨緣，飄到哪兒就在哪兒落地生根，而我，也隨緣、隨心，飄……飄……飄……從居住了半輩子的城市，飄到了這個坐落於海邊的小村落。

才來幾天，一波東北季風也跟著來了！這回，我終於見識到了冬天的海風。

這兩天，風吹得狂，更可怕的是，從昨天開始下起雨來了……。

在狂風的強勢主導之下，這雨，就瘋了！

寒假結束了，今天是學校的開學日，也是兩個小傢伙轉學上課的第一天。哥哥小力讀小學三年級，弟弟小日讀一年級。上學第一天就遇上了這種天候，眞是精彩！

撐雨傘，當然是不行的，除了鐵定開花以外，恐怕連骨架也拉不回來了。而我，還深埋在剛運過來的十幾大箱衣服與物品中，根本沒料到會下雨，更別說要提早幫孩子們準備雨衣了。

這下，我一籌莫展了……。

趕快去買？想了想……還是算了吧！我這個新來乍到的外地人，被這東北季風嚇呆了，在這種風勢下騎機車出去，以我這單薄的身子和騎車技術來說，車子騎出去之後，實在沒有把握能平安騎回來。

我和孩子只能耐心地等著……。

終於，雨勢轉小了，我們匆匆出門，逆著紛飛的雨絲，順利的上學去了！

耶！開心！

原本還擔心第一天上學就遲到，幸好雨勢轉小了，就只是這樣能順利的上學去，竟然讓我們母子三人都開心極了！

我們都喜愛大自然，想要更接近大自然而生活，當然，相對的也要犧牲一些生活上的方便性，我明白，也覺得這很公平。

隨著年紀越大就越能感受到，在這個世間的「得」與「失」之間，有一股人爲所不能知也不能控的「力量」在平衡著一切，所以，你以爲的得，可能不是得；你以爲的失，可能不是失。

所以，不用爭！

對於我們來說，不同於以往的生活，正在開始……。

盡情地玩吧

連日來，天空一直灰濛濛的，已經不記得幾天沒有見到太陽了。

不過，今天一早六點多，紅咚咚的旭日——東——昇——了！

耶！

天氣好到令人感動！

久違了！太陽！

我拿出相機，想拍下日出的柔和和美麗，不知怎的？相機卻出了問題，整個畫面只有一團霧白，甚麼東西都拍不出來。

我這個電子用品白癡，摸了老半天，還是搞不定！最後，終於放棄了！

妥協地放下相機後，一個人散步到海邊，看到海灘正值農曆月初的大退潮景象，心，一下子又活過來了！

連走帶跑地趕回家去，搖醒了還在睡夢中的孩子……。

「趕快起來！今天的海灘很不一樣！一定很好玩！」

被我吵醒後，兩個孩子一邊咬著早餐、一邊穿著雨靴，睡眼惺忪地與我走向海邊……。

「哇！海水退得好遠啊！」他們也驚訝地瞪大了眼睛！

對啊！沒想到海水居然可以退到那麼遙遠的距離。一時之間，母子三人都興奮了起來！

沙灘上曝露出許多嫩綠的海菜，那綠，太美了！

孩子們說要採海菜回去煮湯，小日還態度認眞地交代我，要記得打上蛋花。我開心地答道：好！好！好！

管它能不能吃，先採回去，煮了再說！

這些海菜眞難清洗，洗了許多遍，仍有細沙。儘管自覺採集時已經非常小心了，但仍洗出了多隻的小小螺。

海菜，不太好吃，口感有點粗。問了鄰居才知道，這種海菜以前都是採來飼豬的，而人吃的海菜是另外一種。

哈！糗大了！

不過沒關係，從前地瓜葉也是拿來飼豬的，但現在，有許多人都喜歡吃呢！包括我！

傍晚，又去了海邊，專程去放生小小螺。

這回孩子脫掉了鞋子，高興地在沙灘上奔跑……跑累了，他們和寄居蟹玩了起來……。

啊！感覺好幸福啊！此時此刻！

幸福，應是我們本來的樣子，無須透過追求什麼才能得來。但從前的我爲什麼只感受到無盡的壓力而感受不到幸福呢？

是幸福被蓋住了吧！

或許是我錯了！我錯估自己的承受能耐了！自以爲只要硬撐就可以扛住一切。而過去的我，內在確實也沒有足夠的智慧和堅強來應對生活中的各種紛擾和折騰。

當我進入一個遊樂場時，我知道自己必須斟酌著玩，比如旋轉的木馬和咖啡杯會讓我暈眩嘔吐，這是我「玩不起」的遊樂項目，我一定選擇不玩。

如果世間是一個大遊樂場，除了遵守遊戲規則以外，當然也有某些遊戲項目是我玩不起的，所以縱使人人都在玩，如果自覺不適合，一些項目也不是非玩不可的（比如婚姻）。有了自知之明之後，或許多少就能避凶了吧。哈哈！

我是凡夫，沒有菩薩「遊戲畢竟空」的境界，自知有些情是我擔不起的；有些人是我愛不了的；有些名是我不想求的；有些利是我不能要的。如果內心自有斤兩，就別管他人如何評論和看待了。

當然，這世間方方面面的複雜性，是無法單純用一般的遊樂場來比擬的。但可以肯定的是，只要提升自己的內在力量和智慧，則外境無論遇到甚麼，都能有相對的承受能力的。

這世間有太多事是無解的。所以，許多世事不是因爲得到了解決才釋懷的，而是因爲內在更強大之後，這些事已經不再影響我了。

盡情地玩吧！不過就是一小段旅程，只要內心懷抱著眞心、善意，自己的人生想怎麼過就怎麼過吧！（微笑中）

高麗菜乾

凌晨近三點，又聽到了她失控的呼吼聲……

沒錯！是風！

這氣象報告也未免太準了吧！

不過！奇怪的是，雖然她的確爲我的生活帶來某些程度的困擾，但我卻不討厭她。

這裡的空地多，當地人也勤儉，許多人家喜歡在自家旁的空地種植各式各樣的蔬菜（不管種植的範圍有多大、多廣，他們都不把種作的地稱爲「田」，但村子旁的小土坡，他們卻稱之爲「山」）。到了採收期，吃不完的蔬菜，有些拿來彼此分享、有些則曬成菜乾。

近半個多月來，在盛情難卻之下，我陸續收受了幾顆嬸仔送來的高麗菜，每顆個頭都比我的頭還要來得大。

孩子對青菜興趣缺缺，幸好並不排斥高麗菜，所以我也盡量煮食。

平常，給孩子準備的早餐都很簡單，覺得吃得飽就好了，我也沒有賢慧到一大早就弄鼎動灶的。午餐，一週五天都在學校用餐（媽媽不用準備，眞是大恩大德），所以這高麗菜也只能在晚餐出現了。不管晚餐吃什麼，幾乎都會配上高麗菜。

儘管我自覺已經對高麗菜盡心盡力了，但煮食的速度怎樣也趕不上嬸仔送來的速度。最後，只好忍痛決定，不再收受盛情高麗菜了。

今早打開冰箱一看！還有三大顆躺在冷藏室裡等著我！其中放較久的一顆，還病懨懨的，面色萎黃……。

怎麼辦呢？

突然！我想到了可以把吃不完的高麗菜拿來曬成菜乾！

喔！我眞是又賢慧又聰明！

我馬上拿出三顆高麗菜又洗又切，這些天又剛好都是好天氣……太好了！一切都照著自己所計畫的在進行，這種感覺眞是太好了！

認眞地曬了幾天後……眼看就要變天了，我的高麗菜乾卻一直都沒乾，難道菜乾不是這樣曬的嗎？

昨天上午，村裡一位歐巴桑看到我曬的高麗菜乾，好心地對我批評指教了一番，她說話的音量雖然大到足以讓我倒退三步，但因爲海口鄉音太重、速度又太快，很遺憾直到結束，我們的對話只是一段無義意的雞同鴨講。

眞的變天了！菜乾眞的沒乾！

爲了防止發霉，只好再冰進冰箱……。

孩子說我浪費食物，我只能極心虛地用著「大人」的口吻說：去！小孩子懂什麼！

夢想中的花海

今天一早，歐巴桑打了電話過來，說已經幫我把地犁好了！

放下電話後，我披上外衣，匆匆出門，迫不及待地想看看田「犁」成什麼樣子了？

哇！變得好整齊啊！心中雖然一方面覺得感謝，但一方面卻也爲沒能參與犁田而感到惋惜！

這裡的農地，普遍來說範圍都不大，所以還沒見過動用機具來種植作物的。犁田整地除了人力以外，主要還是依賴牛隻。聽說有在種植作物的人家，大多會幾戶人家共養一頭牛。

我遷居來此村後不久，認識了這位經常騎著電動車從家門前經過的歐巴桑，於是就拜託她教我種菜。

前不久二人才商量著，只要適當的時節一到，就借頭牛來整地。我告訴歐巴桑，到時候請務必通知我，讓我也能一起參與。

結果……大概是覺得我這個城市鄉巴佬在場會礙手礙腳的，所以沒有事先通知我。

好吧！我必須承認歐巴桑的睿智，她是對的！

我看過那頭牛幾次，對牠的印象除了毛色深以外，還覺得牠的肚子大得很「奇怪」，我跟孩子打賭說：「牠一定是懷孕了！」

我原本還想著，如果牠真的懷孕了，那我絕對不借用牠來整地。

結果，我輸了！牠的主人說，牠只是「太胖了！」

得知眞相後，我鬆了一口氣。

看到地整好了，我開始考慮……我該種什麼菜呢？

等等！等等！之前高麗菜的經驗告訴我，千萬不—要—種—菜啊！

啊！有了！不種菜，種花總可以了吧！

我預計過幾天要回台中一趟，到時候去買一包花籽，回來後，神不知鬼不覺地把它們全撒了……如果順利的話，那麼今年夏天我就有一片人人欽羨的花海了……。

哈哈哈哈！

哈哈哈哈！

一時之間，我整個人都沉浸在花海的白日夢裡！

小力聽了居然說：有種不祥的預感……。

忘年之交

我於四月三號回台中了。

這次回台中，除了見見想念的家人以外，另外，還想要去探訪一位朋友。

這位師姐七十歲左右，前不久聽聞她生病了，讓我頗爲掛心，一直想著，如果可以，希望能見她一面。

就在四月四日下午，我順利地聯絡上我所掛念的人了！

掛上電話後，我匆匆出門趕往她家。

一見面，兩個人都興奮極了！

她右眼長了腫瘤，腫瘤已經大到擠出她的右眼球了……。

從外表看來，顏面確實是有些許改變，但，一點也不影響她柔順溫良的氣質。

談話的過程中，我們時而擁抱、時而雙手緊握，而且總是深情又專注地望著彼此……，她和我一樣珍惜這難得的相聚時光。

腦部和眼睛都有腫瘤，她坦然面對，並選擇不做積極治療。生命、身體都是她自己的，所以我沒有針對她的決定提出任何個人的主觀看法，只是一再點頭表示尊重和理解她所做的一切決定。

還剩多少時間？我沒問！我只關心她痛不痛？我不要她痛！我捨不得她痛！她笑咪咪地說：好感恩喔！都不痛……。

短短一個多小時的相聚，離別時，兩人都依依不捨，不知下回再回台中時，能否再相見？

不管我們身邊還有誰，請好好地珍惜我們所愛的人吧！誰知道緣分還有多久呢？

最後，我並沒有買到我想要的花籽，但，我一點都不在意了！

種西瓜

天氣終於漸漸好轉了。

前幾天我和歐巴桑相約上午九點要種西瓜，她不知何故遲到了，而我也不知道她住哪戶，所以只能待在田裡等著，等了一個多小時之後，心想，她大概不會來了！所以就改往海灘撿垃圾去了。

等我撿完垃圾回來時，阿桑已經把西瓜種好了，還責怪我爲什麼跑到海邊去了……

原來這裡沒有時間觀念！我只能傻笑！

可惜我沒看到她是怎麼種西瓜的。

隔天，我收到另一位歐巴桑送給我的一小包玉米種子。這位婦人和她先生把自家菜園打理得井井有條，堪稱達人，像我這般在田裡東挖一塊、西挖一塊，胡搞瞎搞的等級，根本不能相比。

收到玉米種子後，我馬上就帶著孩子下田去了。

人家說：「隔行如隔山」，一點都沒錯！現在更能體會這句話。

說真的，我還真不是種田的料，每次下田之前，如果沒有大口大口地吃下一堆東西，一到田裡，彎腰起身等動作，都足以讓我眼冒金星、頭昏眼花。

經過一個多小時的揮汗挖土、播下種子、蓋上土壤、又一趟一趟地澆水後，終於大功告成了！

看著我們種出來線條，歪歪扭扭，我們哈哈大笑！雖然不夠完美，但是第一次種玉米的我們，還是很開心！

隔天一早，我又去澆水，這才發現，水倒下去之後，有些種子被沖上來了；接著又發現，有些種子正被螞蟻兵團搬回家……。

喔！原來種子埋得太淺，而且蓋在上面的土太過鬆軟了。我馬上亡羊補牢地在每個種植點上加土，再踩踏了一番，希望能補救回來。

又過了三天，我發現第一個從泥土裡冒出來的小嫩芽了！

耶！發芽了！

哇！感動啊！內心只有「感動」兩個字而已。眞感謝它如此努力地往上長。

七天後，大約有五六成的種子都冒出芽來了。

現在，我的田裡有西瓜、玉米、九層塔了！

突然覺得：我好棒啊！

有面子

看著鄰居和我在同時期所種下的玉米，都長到與我一般高了，而我種的，卻只長到我的膝蓋高度而已，這……差太多了吧！

後來才得知，原來他們都加了化學肥料，難怪農作物長得又快又好。

原先並不知道問題出在哪裡？心裡就一直納悶著，現在知道原因之後，心也就舒坦了。

我並沒有考慮使用化肥，因爲聽說化肥會傷害土質。但這裡的土地實在太貧瘠了，幾位等著看好戲的村民，直接斷言我的玉米大概等不到結穗就死了！

哇！這樣的鐵口直斷，眞是簡潔又有力啊！

還有一位不知住哪兒的阿婆，常常在我下田的時候冒出來對著我搖頭嘆息！數落我不聽老人言……因爲她多次好心地提醒我，要去買化肥。

好吧！我已經有了最壞的心理準備了。

雖然我的種植隨時都有可能會失敗，但我還是想再爲我的玉米盡一點心力，所以我開始弄屎弄尿了！

我泡了一大桶自製的肥料，裡面有各式各樣的果皮青菜，外加一坨意外撿到的牛糞，心想：這下營養夠均衡了吧！

第一次使用時，很害怕！小心翼翼地……，不小心沾到了手指，還尖叫了一聲！

回去後，洗了三次肥皂，味道還在！

經過四、五次經驗之後，現在，動作超熟練、自然，也不覺得那麼臭了。當然！我的玉米也給我大大的回饋了，很多人都發現它們「大到有看」！

來到此村後，第一次感覺到什麼叫「有面子」！

哈哈哈哈！

海湖聲

每天傍晚飯後，我都想去海邊走走，但兩個孩子在這個時候總是牢牢地盯著電視看卡通節目，所以我經常一個人趁著天色還未全暗時，獨自去散步。

爲什麼海浪的聲音會這麼好聽啊？

我喜歡閉上眼睛，靜靜地聽著海的聲音，等頭腦裡的雜念慢慢沉落時，「我」就消失了，只剩下海浪聲……慢慢地……我就成了海浪聲！

我是海浪聲。

在無風的日子裡，當海面風平浪靜時，海浪推向沙灘的力道是輕緩的，此時的海水聲是和緩的、柔美的，我感覺自己更像站在一面寧靜的湖邊而非海邊。也因爲這種感覺，所以我把這柔和的海浪聲稱之爲「海湖聲」，眞令人著迷啊！

除了閉眼聽海，我也喜歡睜大眼睛盯著螃蟹的洞穴瞧，當我靜止不動時，小螃蟹會一隻隻探頭探腦地跑出來，天啊！可愛得不得了！

說眞的，這個海灣稱不上多美，沙灘也不夠乾淨，但這些小生命，卻足以讓整個海灘都活了起來，也讓我一再地想走過來。

前幾天退潮時，小日和小力在大石頭下發現了兩條超級大海參，隨卽興奮地對著我大聲喊著：「媽！有好東西喔！趕快過來看！」

我興沖沖地趕過去，他們捧起海參湊近我的臉，我嚇了一大跳！尖叫了一聲！啊———！

他們的計畫成功了！順利地嚇到我了，兩個孩子高興得互相擊掌叫好！

回家的路上，遇到一位在這裡土生土長的大哥，我們三人興奮得比手畫腳地告訴他，我們看到了這……麼大、這……麼長的海參，但從這位大哥冷淡的回應口氣聽起來，是充滿懷疑的，他質疑我們說得太誇張了！

喔！拜託！

唉！算了！

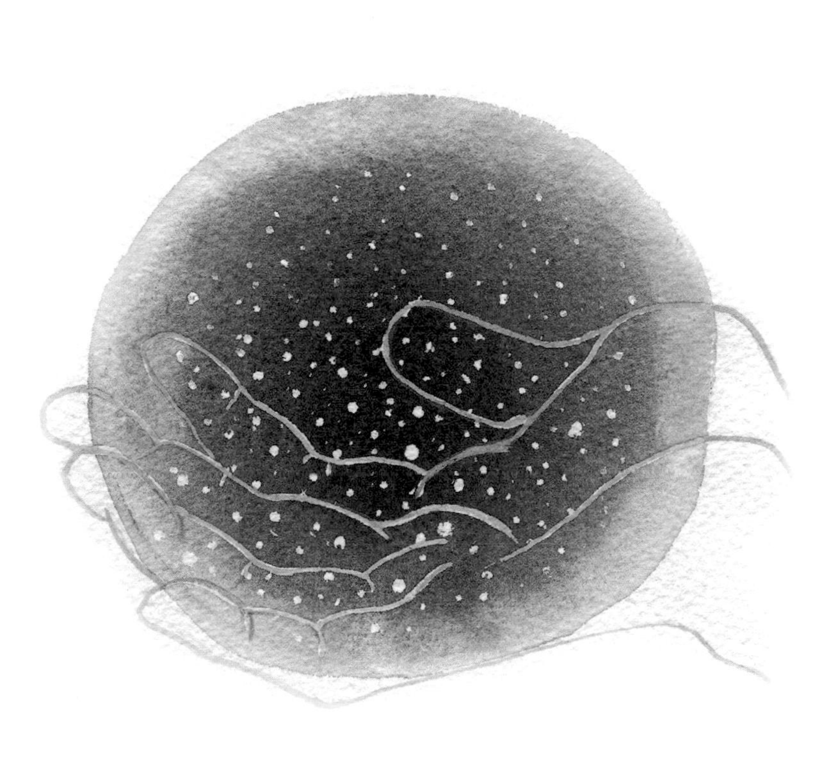

幸運之神

半夜，落雨了……

我從小就愛聽雨聲。

不久，遠處傳來蛙鳴……

我從小就愛聽蛙鳴。

這雨，讓青蛙和我都歡喜了起來！

突然睡意全消，起身站在窗邊，靜靜地聽著雨聲和蛙鳴……。

白天，處理了一些令人煩心的事，心情像燻了烏煙瘴氣一樣，又黑又髒。現在「雨」全幫我洗淨了！

覺得心很清、很輕的時候，一種很幸福的感覺就會迎我而來……

我總是微笑以待。

雨勢越來越大了，怕影響到熟睡中的孩子，我輕手輕腳地移動身子，關了幾扇窗。

這時，又想到白天的艷陽高照，讓我得以「順利」的連洗了三條被單，又曬暖了三件冬被，哈！原來幸運之神一直都眷顧著我！

颱風

受到桑達颱風的影響，風，大約從一個星期之前就開始猛吹了。

打從那天夜裡，聽到了入夏以來第一個不一樣的「風聲」時，我就開始擔心了……

田裡的農作物勇敢地挺了幾天。我雖然一直期盼著風勢能越來越小，但事與願違。

從前天晚上開始，風大得不得了，終於！農作物都撐不下去了！

今天一早，我到田裡一看！心都疼了！

這些日子裡，努力長大的玉米、地瓜葉、哈密瓜、空心菜，全都毀了！

我腦袋空空地呆了一會兒……。

還好，沒有傷心很久，心，很快就接受了現況！

不知道以農爲生的農民，會是怎樣的不捨和無奈！

或許因爲這是我第一次學習種植，所以得失心莫名其妙的重，我對自己所種的作物，會心疼、會捨不得，但看看當地人，在這種環境生活，早就習慣了這一切。再過一段時間，也許我也能像他們一樣「習慣」吧。

好吧！那就讓一切順其自然吧！

接下來呢？

再重新種一次？還是……再次肖想我的花海？

噗ㄘ！

不死心

世事眞是難以預料。

五月底，當桑達颱風走後，大家都說，我種的那些玉米沒救了，當然，連我也打從心底這麼認爲的。

拿到新的種子後，走進田裡，看到那些枯萎的玉米，雖然莖桿兒都搖搖晃晃了，但「心」卻仍然青而不死！

天啊！它們就這樣「不死心」嗎？

看到那一點「青」，讓我根本狠不下心來把它們砍了做肥料。

我回家取了剪刀，一一剪下枯葉，又施了點臭肥，接下來定時去澆水，結果它們不但都活了下來，現在還開花了。

新的種子，我和阿姊另闢了一小方地種下了。

阿姊和我一起掘土、鬆土，結果她的手臂痠痛了四五天，而我只痠軟了一天。看來，我是越來越勇了！

許願

有一位大哥，看我每天傍晚都下田，於是給了我「川七」的芽種。那是爬蔓的植物，適合靠著石牆種，這樣它可以爬著石牆往上長。

但石牆下是一片我一直懶得去動的茂盛的雜草，心想，就算了吧！反正我也不愛吃川七。

誰知那位大哥，自給了我芽種之後，一碰到我就問：種了沒？種了沒？

爲了不辜負他的好意，我只好拿起小鋤頭開始除草。我預計花三個傍晚的時間來除草。

在第二個工作天結束後，我和阿姊又到海灘撿垃圾。我望著大海對阿姊說：「最近每天晚上都能聽到蛙鳴，我希望青蛙也能跳到我們的田裡來」。

第三天傍晚除草時，眼看著前方只剩下一小區塊雜草，我雖然累了，但仍想要一鼓作氣的把它除乾淨……突然，身邊跳出一隻東西來，定睛一看！居然是隻大青蛙！

哇！我太高興了！太高興了！

此時我想，凡事都應該「適可而止」，所以剩下的雜草不除了！這是屬於青蛙的。

入夜之前再去淨灘時，我又站在海邊許願：「希望能有幾隻海豚游到這個海灣來！」阿姊聽了哈哈大笑！

但我想，說不定過幾天就眞的有海豚游過來，誰知道呢？

太好吃了

近一個月了，身子有些許不適，反反覆覆地暈著，老毛病了，雖然不危及生命，卻對生活造成極大的不便，也因爲身邊沒人可以幫忙，許多事因此做不了。

我性子急，這種情況極容易讓我感到焦慮，這時候就更能感受到「放鬆、放下」是我此生最重要的功課了。

放輕鬆……

慢慢來……

這星期，暈，終於覺得夠了，離開了！

我們開始採收玉米了，雖然長得一副營養不良的樣子，但是，太－好－吃－了！

這兩天，阿姊回來了，她一回來，我就去採。結果，因爲太好吃了，我們兩個像蝗蟲一樣，不消幾天，玉米就被我們採光光了！

我刻意留了幾穗最漂亮的不採，阿姊看到伸手要拔，我撥開她的手說：這是要留下來做種子的。她捨不得放手，說不用留那麼多吧？但我想，多留幾穗，以後我們就不用再向別人要種子了。

對於我這個對農事一竅不通、體力又嚴重不足的人來說，種植的過程眞的很辛苦，但「收成」的喜悅也被放大了，眞的很開心啊！

昨天傍晚，我們一行人在前往海邊淨攤的途中，發現了一隻羽翼未豐的虎皮小鸚鵡，牠跌跌撞撞地跳著，看來是還不會飛。

村裡的野貓實在太多了，如果不及時救下牠，搞不好很快就被吃掉了。

孩子上前用雙掌包握住了牠，我們馬上取消了淨灘，立刻帶牠回家。

幸好在鄰居楊大哥家的儲物間找到一個久置生鏽的鳥籠，清洗之後，暫時讓牠有個棲身之地。但是我們沒有鳥飼料，於是我想到了中午煮的玉米，弄了一小段放進鳥籠裡，希望牠多少能吃一點。沒想到一放進去就看到牠拚命地啄食，到底是太餓了？還是我們的玉米太好吃了？

看到牠進食的樣子，圍著一圈的我們都開心極了。因爲牠的羽毛是藍色的，孩子爲牠取名爲「藍寶」。（此後，藍寶直到去世大約陪伴了我們九年）

為什麼呢？

之前種的西瓜，種得很失敗，哈哈！還以為只要發芽，就是成功了，真是太小看種瓜了！突然對瓜農們肅然起敬。

我已經開始動手整理荒廢掉的西瓜小區。雜草長得飛快，努力了幾天，才除了一半的草，我很怕等我除完後半段時，前半段的草又開始長了。

之前，某次到超市採買時，看到觀賞用的南瓜種子，我買了幾包回來，種在石牆下。

現在，這些南瓜藤開了一大堆花，但就是結不了果，看看！蝴蝶、蜜蜂也都有來啊！授粉應該沒什麼問題才對啊！但爲什麼結不出果呢？

天氣真的很炎熱，但幸好海邊散熱得快，所以晚上都非常涼爽，夜裡只要打開窗戶，連電風扇都不用吹了！

天氣一熱，飯都吃不下，只想喝粥。今天中午，突然想煮地瓜粥來吃，專程出門一趟買地瓜，卻空手而回，沒買到地瓜。

回來後才想到，啊我自己就有種地瓜啊！幹嘛還出門買地瓜？哈哈！

我馬上拎起小鋤頭到田裡挖！

嘿！才耙了幾下，還眞讓我順利地挖到了兩條不小的地瓜！

回家後，馬上就開心地煮了一鍋地瓜粥……

奇怪！這鍋開心地瓜粥裡的地瓜，並不開心，一點都不好吃！裡面有很粗的絲，難以下嚥。

這又是爲什麼呢？（後來澎湖的友人告訴我，可能是地瓜太老了）

豬不肥

我在這裡，感覺日子過得飛快，像這樣能讓我的雙眼眺望著遠方的環境，讓我心裡充滿喜悅和感恩。

連下了幾天的雨。

剛開始下時，因爲想到田裡那些拔不完的草，應該可以趁著雨天趕快去拔，一來沒有毒辣的太陽，二來土質因雨而鬆軟，雜草較容易拔除，所以就穿上雨靴下田去了。

人的「貪念」真是無所不在。因爲土質鬆軟了，雜草真的比平時要好除得太多了，所以我就「貪做」。

腰痠了，就告訴自己，再忍一忍、再忍一忍……，手痠了，只想著再忍一下、再忍一下……

結果，我雖然多拔了很多草，但雙手手指、手掌卻痠痛、僵硬了很多天，而這些天我實在沒辦法再下田了……。

看吧！貪什麼？結果還不都一樣！人，眞的很愛自作聰明！

休息了幾天之後，今天傍晚我又下田去了，一去！就看到滿地雜草「夭……壽長」！

呵呵！這雨水可眞肥，而且「豬不肥肥到狗」了，我的南瓜依然一顆都沒生出來。

老師

今天看到一位國中同學在臉書上談及她在高三時被班上導師冤枉偷東西的事，心裡眞是千千萬萬個捨不得，想像著她躲在廁所裡無助地啜泣流淚的樣子，更是令人心疼極了……。

我在國小的時候，是個極度自卑又自閉的孩子，上了六年的學，連一個朋友都沒有。

到了國中，性情才有了些許的轉變，而這位同學，是我第一個好朋友，是我當時最最重要的朋友。

看到她的故事，不禁讓我回想起求學時期的老師們，確確實實是有幾位作法並不恰當的，還有少數幾位是眞的不適合當老師的。

在那個還盛行體罰的年代，許多老師總有各種打人的理由。

我小學三四年級的班導師，有一陣子在打人的時候，總是要學生把褲子拉下來，露出白白的屁股蛋兒來挨打，完全不顧孩子的自尊心。

有一回，考試卷忘記給家長蓋章的人，一個個都被叫上講台，大家乖乖地排了一排，我也是其中一個。

幾位男同學因爲已被這種方式打過幾次了，都已有了「慷慨赴死」的態度，一開始就大咧咧地走上講台。但我，實在太害怕了，慢吞吞地最後一個上台，又悄悄地排到了最後一個。

接著，老師一聲令下，大家一個接一個乖乖地拉下褲子，兩手趴地，翹起光溜溜的屁股，讓老師拿著藤條（這藤條還是我爸提供的）一個接一個打過去……。

當時的我雖然極爲怯懦和膽小，但，卻怎麼也不肯以這種方式來受打。在那個穿裙子裡面還要再加一件運動短褲的保守年代，要我當著大家的面露出屁股……縱使十分畏懼老師的權威，我仍然做不到。

當所有人都打完下去了，只剩下我低著頭、噙著淚，倔強地和老師僵在講台上……

終於，老師說話了：下去吧！

我因此逃過了一劫！

五六年級的班導師，她是位嚴格的老師，也是學校公認的好老師。她教出來的班級，一向優秀，無論秩序或整潔等各項常規比賽，都是同年級裡數一數二的。

她就鮮少動手打人，因爲她總是要我們自己打自己。

成績達不到標的、沒寫功課的、調皮的、遲到的、逃學的……各式各樣犯錯行爲和讓老師不開心的理由，都要站起來自己用雙手甩自己耳光。

打幾巴掌？從十到一百不等，就看你犯錯的等級是多少。我還好！印象中最多的一次是六十下而已！（苦笑中！）

這樣的高壓環境，上學會好玩嗎？學生會喜歡學習嗎？

不好玩！痛苦死了！尤其是比較有「自己的想法」的孩子，更是難受！

最最恐怖的，應該算是三年級遇到的一位美勞老師和五年級遇到的珠算老師，兩位女老師有著幾乎一模一樣的「症狀」，根本就是惡魔等級，宇宙無敵的恐怖！

就我現在回想起來，還是覺得她們心理是有病的，是極需要就醫治療的。

這兩位老師對學生沒有一絲一毫的耐心，我甚至覺得她們痛恨教學、痛恨小孩！或許只是爲了一份薪水而勉強做這份工作。

她們總是處在極煩躁的狀態中，動不動就吼罵、動不動就甩人一巴掌，且力道上毫不留情。

當她們走下講台巡看時，眞是讓人「皮皮挫」，尤其是上珠算課時，我撥算盤珠子的手，總是不由自主地顫抖著。

說眞的，因爲上她們的課時，每個孩子都處在極度的恐懼中，老師教了什麼？還眞沒注意，孩子們的內心都在恐懼中煎熬，誰還會喜歡這些課程呢？

我一年級的班導師，也是一位令我難以忘懷的老師。

我是個鄉下來的孩子，入學時，連國語都還不會說，對於他人提問的任何問題，只會以點頭、搖頭來回應，幾乎不開口說話。上課時就安安靜靜地坐在位子上；下課時也安安靜靜地坐在位子上。後來又聽到同學們在傳說廁所裡有鬼，所以連廁所也不敢去了，總是憋著尿……直到放學。夏天還好，勉強能憋到回家；冬天就很困難，我家離學校又很遠，總是在半路上就憋不住了……唉！眞是一段難堪的回憶。

雖然外表看起來不太正常，但我的考試成績一直都很好。那位顏姓老師，偶爾走過來遞給我一瓶牛奶，家庭訪問時，還建議我爸媽買書給我看，我因此得到了生平第一本也是唯一一本爸爸買的教注音符號的書。

我喜歡顏老師，因爲我打心底知道她是一位好老師，而且她不討厭我。

上國中時，我們是新學校的第一屆學生，當時來的老師們，大都很年輕並且對教學充滿著熱忱。

我閉塞的個性，在這時期突然有了轉變，願意主動和同學說話了，身邊也多了幾位好麻吉，上學，從此不再是一件痛苦的事了。

國一時，有一回被派去幫忙搬課桌椅。來來回回地搬了幾趟之後，滿頭大汗。我在教室門口撞上了教我們美術（順便教地理、歷史）的蔣老師，她看著我說：把汗擦一擦！我雙手搬著桌子，愣了一下沒反應過來，蔣老師隨卽伸手抹去了我流到下巴的汗水……

就這個動作，讓我感念至今，對一個生長在貧困家庭中從不被重視又極度自卑的孩子來說，意義重大，因爲我知道雖然我平庸不起眼，但她沒有嫌棄我……。

我和這位老師的情誼並沒有隨著畢業而消失，畢業後，我偶爾會寫信給她。

如今，幾十年過去了，蔣老師早已退休，我們久久見一次面，相聚一起吃飯，她也曾經到澎湖家裡小住幾日，亦師亦友。

其實那些「大人們」，即使沒有特別費心爲孩子們做什麼，但只要些許耐心和眞心就足以讓孩子們感受到的，眞的！孩子們都感受得到的！

老師，這是一份影響著許多人（尤其是孩子）的殊勝的工作，怎能等閒視之呢？

蟲蟲危機

這兩天的天氣舒服又宜人，我們終於又能在黃昏時分走上海灘。

受大風影響，眞的很多天沒去了。

大風折騰過後，綿延不斷的垃圾是料想得到的，所以我和阿姊便帶著大垃圾袋出門了。

兩人一口氣撿了七大袋，結束時回頭一望……唉！怎麼感覺和剛來時差不多？有點令人洩氣！這讓我想起從前在老家老一輩人說的話，意思是不要把放在地上的東西送給嫁出去的女兒，因爲實際上的數量要比視覺上看到的多很多。那是個家家貧窮、戶戶不足的年代，有這種說法、做法，也就不忍見怪了！

最近村裡遭遇嚴重的「蟲蟲危機」，大批的毛毛蟲進攻農作物。田裡那幾株大風過後僅存的向日葵，也逃不了蟲攻，葉子吃完了就開始吃花，花也吃完了之後，便把魔爪伸向前不久才種下的南瓜……恐怖！超恐怖！

電話中，媽媽教我用免洗筷把蟲夾到遠方，我想試，但是我真的做不到！媽呀！那種蠕動的觸覺讓我恐懼到根本下不了手，所以也只能眼睜睜地任由它們去吃了。

也真搞不懂，村裡的麻雀明明一群又一群，不幫忙除蟲，到底都在做什麼呢？難不成每隻麻雀都已經吃撐了？

天氣棒透了

一早睜開雙眼，腦袋瓜空白了數秒……緩緩地把目光移向落地窗外，靜靜地望著……

天，還未全亮，視線所及之處，正好看見路燈因天色微亮而整齊的熄滅了。

沒有聽到呼呼的風聲，所以我知道今天的天氣棒透了！心情因而喜悅了起來。

起身，披上薄衣，走出陽台……前方的土地公廟前，已有兩位包著頭巾的婦人大聲地在聊天。不覺得吵，反而覺得四周因此而更顯清和靜。

遠眺前方的大海，一股莫名的感動輕輕襲我而來……無以爲名，暫名爲「幸福」。

聽說最近各村正在舉辦美化環境的比賽，所以本村辦公處要村民除了整理環境以外，還要做點什麼來裝飾矮牆。於是今天中午，村裡連我在內的十多位村婦，便一起到學校跟老師學做陶藝。

因爲時間只有兩個小時，所以老師簡單的說明後，就要大家開始動手作了。著手進行後才知，這要比想像中的困難許多。

小日的班導師特地來爲大家拍照，看到了我手中正在捏塑的作品後，問說：是一隻海龜嗎？我的臉瞬間垮了下來！用誇張的生氣口吻對她說：是花瓶！是花瓶！然後兩個人笑成一團……。

我眞的很懷疑這些所謂的「作品」眞的能拿來裝飾嗎？

膽小鬼

用過了早餐，又送孩子出門後，習慣性地換上雨靴，走入田裡。

其實我們的田看起來很荒蕪，尤其是在鄰居一排排肥滋滋的高麗菜襯托之下，我種的作物更顯頹廢。

不過沒關係的，種這種那也只是因爲我喜歡親近土地和植物，每一分收成都是老天爺額外給我的福利，有，就已經算是成功了，很開心了！多或少、大或小，都無關緊要了。

石牆邊的南瓜依然只想開花不想結果，而我還是傻傻搞不清楚到底爲什麼？（彼時非此時，當時的我既無電腦也無智慧型手機，要不什麼疑難雜症都可以問「谷歌」兄了。）

村裡一位小哥，教我拿支小毛筆在每一朵花上沾一沾，幫助它們授粉，我也照做了……好吧！那就單純欣賞南瓜花好了。

喔！它們眞是無可挑剔的美啊！

十月初的時候，媽媽和我一起種了番茄，這些番茄眞是讓我滿心歡喜。

起初番茄苗長得非常緩慢，彷彿約好了都不要長大。但這幾天，它們明顯地長高、長大了，所以今早我幫略爲擁擠的苗移植了一下，它們是如此的挺秀、美麗，並散發著番茄才有的味道，眞是令人欣喜。

其實，鄰居種出肥滋滋的高麗菜的那塊田地也是我們家的。媽媽曾經建議我，告訴那位在這裡種菜的歐巴桑，拜託她不要再使用化肥了，否則就不再借地給她使用。

天啊！我哪敢啊！

哈哈！這就是我！

沒錯！很多時候我就是一個膽小鬼。猶豫不決、三心二意的習性，讓我在處事上極缺果決的決斷力，這我是知道的。

不過，每種個性也都有它的優點，只要放在對的地方就可以展現出有極大的優勢（我是這麼安慰自己的）。

沒錯啊！如果沒有我這種做不了大事的人，那小事誰來做呢？

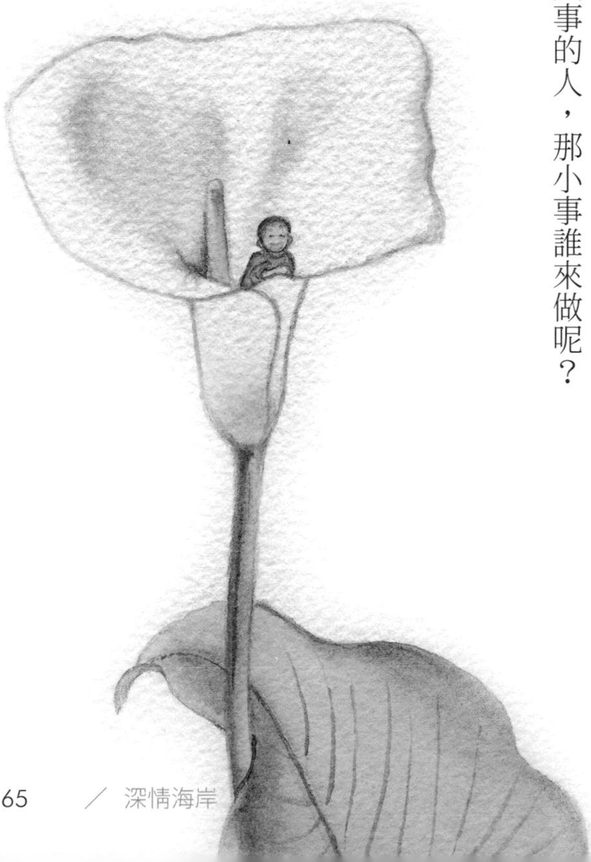

故鄉

天才剛矇矇亮，我已經站在陽台上了。

今早，在一貫的清新空氣中，竟然嗅到了故鄉的味道……沒錯啊！這是故鄉的味道！

突然覺得想哭，因爲內心滿是感動！

雖然我從小就隨著父母離開了故鄉，但，不知道爲什麼？就是想念。

住在台中的歲月，比起故鄉「社頭」要多太多了，但我對台中卻沒有特別濃厚的情感，不知道是不是因爲我本就不喜歡熱鬧的大都市？還是因爲在台中時，正是我意識到「傷心」的年齡，而在那裡，確實留下了許多讓我傷心的回憶。

很高興又聽到了雞啼，這聲音也是讓我願意每天都早早起的原因之一。

記得剛來這村子的時候，每天早上也都能聽到令人高興的雞啼聲，但在節日過後，這些雞，突然沒了叫聲，我慢知慢覺，不久後才意識到牠們消失的原因！

近一個多月來，透早的雞啼聲又再度出現了，但只怕到了下一個節日後，牠們又消失了。

剛剛，飄雨了……

落雨聲，總是讓我很迷戀……

那滴滴答答的雨聲，總能讓我的心在瞬間鬆軟下來，就像融化了一樣。無論大小事，在我傾聽雨聲的這一刻，彷彿都不再是事兒了。

無論下雨或刮風，或多或少都會造成生活上的不便，但只要不太過頭，我都會用歡喜和欣賞的心情來迎接和看待。

偶爾，也會遇到當地人善意的問我，是否能習慣澎湖的風？其實我從來就沒有什麼習不習慣的問題，也不用「忍耐」，因爲這些都是打從一開始我就能安然接受的，彷彿我本來就是個澎湖人似的！

我想，這或許就是「歸屬感」吧！

這裡，是我第二個故鄉了！

感恩

田裡的番茄終於長出東西來了！

這個星期以來，我一見它們就笑，雖然只是區區的「三顆」，但是我好開心啊！

不久之前，我和孩子分工合作幫番茄綁了支架。我們到處去收集適合的樹枝，回來後，我將樹枝一枝枝的插進泥土裡，小力和小日則跟在後頭，幫忙把傾垂的莖扶上來和樹枝綁在一起。

我們都發現，只要一碰番茄，它們就會散發出很濃郁的味道，那專屬番茄才有的味道，又香又令人感動……。

鄰居種的番茄，早在上個月就已經開始收成了，紅咚咚的，我一不小心就羨慕了起來……

但是我知道，只要我把自己種的番茄和鄰居種的番茄拿來做比較，就會影響我種番茄的樂趣，會覺得我種的番茄不夠好，這可不行！所以我馬上改變了我的心態，不比較！不比較！拿它們來做比較，真的是很無聊又很可笑的「人類」心態。（比房子、比車子、比老公、比孩子……沒完沒了！）

仔細想想，就能體會我的番茄是多麼的了不起，在那麼貧瘠的土地上，不依賴任何化學肥料，努力地要長大、要開花、要結果……真的很了不起，而我這個門外漢，能幫它們的除了澆澆水以外，就只是盡量收集可用的廚餘來補充它們一些些養分而已。

看著一排的番茄陸續地開著花，真開心啊！

對這片孕育萬物的大地，我由衷地生起了從前所沒有過的感恩之心……。

賣菜的人

我喜歡獨處，搬來澎湖之後，獨處的時間也增加了許多，一個人的時候，我從來都不覺得孤單。

住這村子之後，除了兩個孩子以外，和我接觸最多的就屬那位開著菜車來賣菜的先生了。

聽說他從前是個漁夫，結婚之後，太太要他別再出海捕魚，所以就賣起了菜。

這樣說來，我眞要好好感謝他太太，因爲他這台菜車，眞的給了我太多的方便。

他每天上午開著菜車穿梭在各個村落，但因爲另有一對夫妻，是實力堅強的競爭對手，菜色比他多，菜車也較乾淨，相較之下，他的生意感覺平淡，所以，若想只靠賣菜來養家餬口，想必不是那麼容易的。

他每天把菜車停在我家門口，然後用「放送頭」喊：「買菜、買雞卵、買水果！」

我聽到了就趕快打開門去買。

哪有這麼方便的？打開門就能買菜，以前在台中，想都不敢想！

他有點邋遢，經常打著赤腳不穿鞋子，菜車也經常又臭又髒的，甚至幾次看到爛了的青菜也沒清除……

我偶爾雞婆性子犯了，就會好意地提醒他，他總是靦腆地笑著。

見過兩次他的太太，是位美麗、簡潔的婦人，讓我留下很美好的印象。

不久前，一次買菜過程中，一位騎著機車不知從那兒冒出來的冒失男子，居然在我面前取笑他，說他的老婆跑了！

他默默地低下了頭，露出似笑非笑的尷尬表情……

氣死我了！這個莫名其妙的男人，是有多不尊重人，才會這樣取笑別人，這是我此生見過最最沒禮貌的人了！

我氣到拿著菜的手直發抖！

但，和從前一樣，當我恐懼的時候，我是叫不出聲音來的；當我真的生氣的時候，也是說不出話來的……

氣啊！真氣人！真希望自己能臭罵他一頓！

奈何！一個字也擠不出來！（雖然不痛快，但也有優點，這讓我鮮少因一時衝動而口出惡言）

這件事之後不久，他就再也沒來賣菜了。後來才人聽說，他又去當漁夫了。

緣盡了就盡了唄！我只能轉往別處買菜了。

緣，盡了就盡了吧！卽使是有兒有女的夫妻。有時候也不是誰對誰錯的問題，就只是這兩個人——不合適！

眞心希望他與太太各自安好，並且能再次發現幸福。

晨霧咖啡

今天一早，霧鎖澎湖，白茫茫的一片……

美啊！

美到所有的形容詞都派不上用場了！

這樣的柔美氣氛，我只想來杯熱咖啡。

想想，我之前因爲暈眩症頻犯，聽醫生的建議戒咖啡也有一段日子了，要破戒嗎？

噗！爲這點兒小事，腦袋瓜和心居然吵起架來了！

停！

聽「心」的，準沒錯！

奇怪！只不過是喝一杯咖啡，有需要那麼糾結嗎？

向來，做任何事，我都不是個會放肆的人，之前，即便有喝咖啡的習慣，也只是一天一杯而已，更何況從決定戒了它之後，到現在已經有半年多沒喝了，這大半年才喝一杯咖啡，應該不過分吧！幹嘛要猶豫？想喝就喝唄！

終於！手裡捧著一杯令人感動的熱咖啡了……。

啊！是受到了這浪漫到了極點的濃霧所影響嗎？還是因爲太久沒碰咖啡了？這杯咖啡怎麼這麼好喝啊！

幫它取個名吧，就叫——晨霧咖啡。

此情此景，或許一生僅此一次！

而此刻放眼過去……在濃霧中慵懶地享受著咖啡的，也只我一人，今天村裡大部分的人都在忙「大事」，尤其是男人。

這陣子，幾乎全國都浸泡在「選舉」的大甕中，今天就是決勝負的大日子了。

不過，站在這濃霧中，心，是柔的、是軟的，所有的恩怨情仇在這當中，全都使不上力了。

哪來的怨？哪來的仇？

不管我們是美是醜、是善是惡、是貧是富，這「天」和「地」都無條件地把我們全包容了，那我們可不可以也更擴大自己的心，包容不同於自己的另一種觀點和聲音呢？

濃霧漸散，望向遠方……朦朧中終於又見到了海！

我嘴角上揚，情不自禁地笑了！

爲何我會對她百看不厭呢？

種花生

前不久，某天在前往便利商店的途中，看到兩位蒙面婦人站在路邊寒暄聊天，經過她們身邊時，無意間聽到了她們聊著田裡的事……

這話題引起了我極大的興趣。我放慢了腳步，豎起了耳朵，仔細地聽著……原來是某人種的花生已經發芽了！

太好了！我興高采烈地一邊加快了步伐，一邊在心裡想著：「我也要來種花生」。

就在除夕的前幾天，不懂種植時令、只會有樣學樣的我們，也跟著種下花生了。

當天，我和阿姊帶著兩個孩子，浩浩蕩蕩地下田去，原本以為人手多，很快就能完成播種，結果，那三個根本就是「來亂的」！

打從意外挖到一顆地瓜後，就完全忘了種花生的事了，三個人像被催了眠一樣，所有的心思就只想著：挖地瓜……挖地瓜……

儘管我一再吃力地喊著：「別挖了！那地瓜太老了不好吃！別挖了！」也只是白費力氣。

後來小力也對我喊著：「媽！別種花生了！一起來挖地瓜啦！」

看來，他們又不看好我這次的種植了。

也是！我胡搞瞎搞了近一年，想想……除了一些玉米、幾顆番茄以外，其他好像也沒有收成到什麼。

唉！算了！算了！就由著他們去挖、去玩吧！反正我一開始也沒對他們三個抱持多大的期待。

奇怪！這花生到底要多久才會發芽？怎麼十天都過去了，到現在都還沒有動靜呢？

是我太心急了？還是真的又被我搞砸了？

立春

眼看著立春就要到了，我自己猜想著，能種的東西應該都可以種了吧！

昨晚和孩子討論之後，決定今天要種玉米，雖然天氣有點冷，但下午我們仍然打起精神下田去了！

只要動起來就不冷了。

我闢了一小塊地，讓他們兄弟倆自己去負責，給了種子又稍作解釋後，就任由他們去種了。

一開始，他們拿著農具，興致勃勃地挖著土，雖然把土挖得亂七八糟，但是兄弟倆看起來開心極了。

但過不了多久，小日就開始喊累了！也才種了一點點而已……。

算了，這是意料中的事，孩子覺得好玩就好了，種多少都沒有關係。所以在交代他們要按時澆水之後，就草草結束了他們第一次的玉米播種了。

我自己則認真地種了幾排玉米之後，又貪心地埋了各式各樣收集來的水果種子，這才罷休。

明知道大家都認爲種不起來的，但我就是想要試一試！因爲我太喜歡種下「希望」的感覺了，雖然掘土讓我腰痠背痛，但心裡卻是喜悅和感恩的。

從小，看到田裡成長中的蔬菜水果，都會讓我感到莫名的感動，因此還曾經「立志」，長大後要嫁給農夫。

突然想起了一段往事……我剛入社會的時候，在一家中醫診所工作。當時有位來就醫的太太，不知怎的就看上了我。後來，又陸續來偷看我幾回之後，就拜託「先生娘」來說媒。充當媒婆的先生娘說，她有個小兒子未婚，他們家有幾棟透天厝，而且都是金店面⋯⋯。

我想都沒想就回絕了！我態度認眞地告訴先生娘說：我將來是要嫁給「作田郎」的。一旁的人聽了，莫不哈哈大笑！

當時農地還很賤價，根本不値錢，而目農家除了做，還是做！嫁入農家是非常非常辛苦的。所以大家都笑我蠢，說我一定會「做死」！

哈哈！現在回想起來，還是覺得當時的我太可愛、太好笑了！

現在能這樣親近大地、聞著泥土的香味，還有塊地讓我任意地胡搞瞎搞，眞是太感恩了！我也常常懷疑，這一切都是眞的嗎？

一邊掘土的時候我一邊想著⋯⋯這輩子我還想要什麼嗎？

沒有了！

往後，我的所作所爲，在無愧於心的原則下，盡皆隨緣而已。

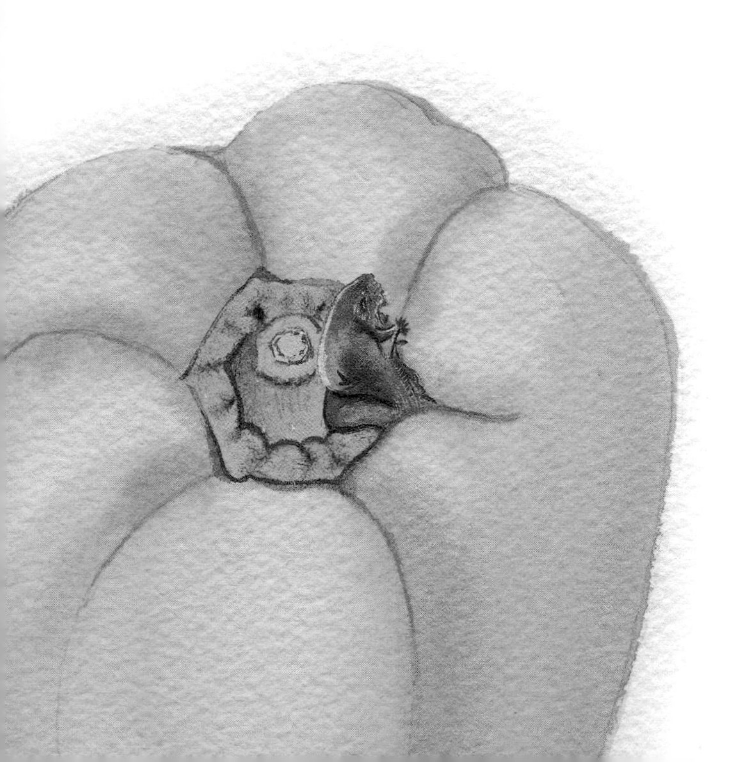

貓

今天上午大約十點左右，兩個孩子說要去便利商店買東西吃，他們開開心心地出門之後，才一會兒，小日又衝回家對著人在二樓的我喊著：媽媽！媽媽！有一隻貓被狗咬死了！

我匆忙地抓了件背心，一邊穿一邊跑……趕到之後，看見了倒在地上的牠……心，瞬間疼了起來！

牠的口鼻和肛門都流出血來了。

小日比手畫腳地訴說著四隻狗的無知惡行，孩子經過時，其中一隻狗的嘴裡正叼著貓咪，因爲看到了人，這才驚慌地放下獵物四處逃竄……。

我趕到時，一切都結束了！

小日含著淚水默默地立在一旁，小力則是積極地問著：還活著嗎？還有救嗎？要不要送動物醫院？

仔細檢查了一下，除了流血之外，兩眼成驚嚇狀，瞳孔放大，胸腹部沒有任何呼吸的起伏動作，我知道牠已經死了！

此時，我只想安慰牠……不管牠能不能感受得到……

我輕撫著猶有餘溫的貓咪，對牠說：不怕了！一切都過去了！現在，你已經不痛了，如果是該還的，都已經還了，要無怨無恨。現在我們來爲你念佛好嗎？如果你願意，請你跟著佛菩薩走，讓佛菩薩帶你到安樂的地方……。

爲牠唸了一會兒佛號後，我想到應該要趕快處理牠的遺體，於是交代孩子一邊繼續唸佛號一邊看顧著牠，以防小狗再次靠近。我則趕緊返回家中，尋找可用的工具。

順利地找到一張紙板後，回到原處，兩個孩子一邊唸佛，我一邊輕移貓咪的身體到紙板上，才一動，血又從牠的嘴裡溢了出來……到底被傷得多重啊？

處理的過程中，我們一再安撫牠：不要怕，所有令你恐懼的事都已經過去了，並告訴牠：我們只想幫你的忙，不會再讓你受到任何傷害的……。

我用紙板捧著牠走到田裡，拿起鋤頭，找了個角落，挖了一個深深的坑……

事情順利地結束後，原本陰鬱的天空，突然在此時露出了燦爛的陽光來！

小力忽然心有所感地說：媽媽！可能是牠高興了！

「哇！那眞是太好了！」我說。

我們相視而笑！三個人心裡原本的難過也因此一掃而空了！

接下來，該買東西的去買東西，該打掃的繼續上樓打掃……。

大肥

度過了幾天寒冷的日子，今天終於感覺溫暖一些些了，而且，外頭還一度出現那好久不見的「冬陽」。

哥哥發現了！高興得大聲喊著：「底迪！底迪！太陽出來了！外面的陽光很像夏天喔！我們出去玩！」

我感染了他們的快樂，也跟著出門去了！

這個勞碌命的媽媽愉快的在田裡除著草，兩個孩子則在我附近跑來跑去，玩了一會兒槍戰後，也跟著我一起認眞地除起草來，我們因此又多種了一些玉米。

一位老阿伯路過，看到小力正在爲之前種的玉米澆水，稱讚他很乖，見到在一旁掘土的我，便與我攀談了起來。

我也趁這個機會問問我所擔心的「花生」。

「我種的土豆十外工啊，哪會嚨無發芽？」我問。

「哈哈哈！猶未啦！才十外工就想要發芽！」他答。

我聽了終於鬆了一口氣，原來是我太心急了，而不是搞砸了。

他建議我，夏天可以多種一些西瓜，又說，他每年種的「嘉寶瓜」又大又甜，兩手還比畫出了一個誇張的大西瓜樣。

哇！眞是令人羨慕！

原來他也不用化學肥料，而且用的是自製的肥料。

我趕緊向他請教肥料的問題。他說，他都下「大肥」，我聽了兩眼爲之一亮！問說：這個東西這麼好用嗎？他不假思索地回答：嘿當然！略肥咧！

我就像挖到寶一樣開心！

「啊大肥按怎做？」我問

「啊叨咱人的……」他答

話有猶豫，但我已經知道他指的是什麼東西了。

原來是人類的米田共……

這……我得再考慮考慮……。

這人的……我還眞不知道該怎麼收集呢？

回家後，我陷入了一陣思考……

好吧！就先從收集尿液開始吧！

我找了一個空瓶子交給孩子，要他們小便時把尿尿在瓶子裡，兩個孩子聽了，一臉嫌惡，異口同聲地回我說：噁心！

「拜託啦！男生比較方便嘛！」我說。

到了隔天，我查看了瓶子……

吼！這兩個小傢伙，居然連一滴尿也不肯留給我！

唉！算了！看來我還是繼續撿果皮菜葉吧！

我闍來啊

今晚天氣大好，外面沒有呼呼的風聲。夜裡，四周突然出現冬季裡難得的「靜」，打開窗戶，海浪聲居然因此而清晰可聞……連小力都忍不住地說：「好好聽喔！」

雖然天氣大好，但我卻因爲又傷了腰而只能好命地待在家裡休息。所幸並不嚴重，除了起、坐、翻身有些許困難以外，走路和其他生活作息都影響不大。

我也知道，這腰痛，「休息」是最好的藥了，只是覺得這難得的大好天氣，悶在家裡有點可惜。

附近有位經常在我下田時冒出來的阿婆，這個過年期間都沒有見到她。她獨居，我有些擔心，於是傍晚時分，我特地來到她家探視一下。

敲了門，她聲量不小地回應了我，聽到她精神抖擻的聲音，我很高興，也放下了無謂的擔憂。

閒聊了一會兒後，她說她的冬衣不夠暖，這冬天冷得要命，因此都不敢出門。

我聽了對她說，我有！我有！你稍等一下，我返去提！

就是這麼巧，這兩天天氣好，我洗了兩件大衣。

快步趕回家中抱出兩件大衣，又匆匆回到阿婆家。

敲門！大聲喊著：婆！我閣來啊！

看到大衣，她很是開心；看到她開心，我也跟著歡喜了起來。

讓她試穿後發現，衣服太小了！尤其是上臂和肩膀都很緊，如果天氣大寒，裡面再穿厚點，估計就擠不進去了！

我快速地協助她脫下太小的這件，再讓她試試較大的另一件。

結果，還是小了點！

我露出了失望的表情，阿婆則安慰我說：「無要緊啦！」

要緊！當然要緊！氣象報告說，明天又有一波冷氣團要來了！一定要幫她找到合適又暖和的衣服才行。

我認眞的想著，如果天黑之前還找不到合適的，就趕一趟市區，或許能買到。

走出她家門時，突然想到了鄰居「楊大哥」。

一直以來，他與母親相依爲命，一年多前，他母親突然往生，楊大哥悲痛萬分，這一年多來，思母至深……

他的母親體型和這位婆婆很相近，只是不知母親所留存的衣物，他願不願意、捨不捨得拿出來？

雖然我的雙腳正往楊大哥家移動，但心裡卻還在考慮著要不要去？

我的腳步漸漸慢下來，猶豫著該不該向他開口？要怎麼說比較得體？該怎麼問才不會造成他的爲難……

結果，一切都是我想太多了！

一到他家，當我小心翼翼地說明來意之後，楊大哥馬上領我走進他母親生前的房間，打開衣櫥說：隨在妳揀！

哈哈！眞是一位豪爽的大好人！

我挑了兩件合適的、又新又暖的外套，高興得幾乎忘了腰傷，差點跑了起來……很快的又到了阿婆家……

敲門，大聲喊著：婆！我閣來啊！

一顆紅番茄

雖然花生仍然毫無動靜，但是玉米發芽了。冒出來的是很虛弱、無力的芽，感覺和去年所種的很不相同。

我仔細地想了想，想起了去年的玉米種子是鄰居給我的，個個又大又飽滿，所以冒出來的芽也很健壯。

今年的種子是我自己留下來的，雖然已經是挑選裡面最最漂亮的了，但是和鄰居給的一比起來，仍是屬於又小又扁的下下品，所以連冒出來的芽也瘦弱得可憐。不知道這種不良品將來能不能長出東西來。

今天氣溫上升了，濕氣非常重，因爲不知道要關上門窗防止濕氣進入，導致家裡一片濕，地板、家具全都濕了，走路得異常小心。

我以清朝宮廷裡娘娘的姿態，小心翼翼地移動著步伐，雖然已經如此小心了，但仍然走幾步路就一個踉蹌，弄得我一個人在家也哈哈大笑。

家裡危險不能待，我只好拿起新買的大剪到前院去，開始動手修剪早該修剪的草皮。

這是我第一次修剪草皮，很有意思，我喜歡！因爲草的清香味——我愛！

但，才一個多小時，手臂和腰就挺不住了，又痠又痛，而且照我這龜速，恐怕半個月也修剪不完。

放下大剪，我又逛到田裡去了。意外發現有一顆番茄紅了！雖然只有拇指般的大小，但我太開心了！懷抱著又虔誠又謹慎的心情，小心翼翼地摘下了它。

拿回到家清洗乾淨後，喊了孩子下樓來「一起吃」。

三個人、六隻眼睛，專注地盯著小番茄瞧……

我拿起水果刀愼重地劃了兩刀，一人分到了一小小片，放進口中……

奇怪！味道怎麼這般普通？我還以爲會有濃郁的番茄味在我口中散開來……

我有些失望！

孩子看到我失望的表情後，安慰我說：「還好啊！不錯啊！」

我馬上知道了不是番茄不好吃，是我自己有毛病，對它期望過高了，哈哈！是我這無聊的期待，讓自己失望了，番茄只是番茄，無需符合任何人類的期待。

結束了番茄品嘗大會之後，我又操起大剪繼續我前院未完的工作了。

手

無論男女，每當我看到擁有一雙細嫩雙手的人，總會投以羨慕、欣賞的眼光，因爲我老惋惜自己的手又粗又醜。

我的父母都是辛苦的勞工，印象中，他們一年到頭都在工作，日以繼夜……，所以我和阿姊從小就學做家事和手工，以分攤父母的辛勞。

小學一年級之前，我們幫忙洗碗、洗米、揀菜、晾衣服……這類較簡單的家事。

二年級以後，我們又學會了炒菜。

當時，小學低年級只上半天課，所以煮中餐的任務常常落在輪讀下午課的我。

我常常拿著一把不知名的菜，跑去問房東太

太：「阿姆！這款菜欲煑啥咪？蔥抑是蒜頭？」

大約是在小四的年紀，我又學會了洗衣服。

每晚，我和阿姊蹲在地上揉洗一家人的衣服。在此之前，洗衣是母親在工廠加夜班回家後的固定家事，她眞的很辛苦！

猶記得剛開始學洗衣服的時候，母親偶爾會走過來，站一旁看著我和阿姊洗衣服的姿勢，並不時對我們的不良姿勢加以糾正，或者讚許我們做得很好的地方，比如：阿姊揉衣服揉得很好；我用手舀水的動作作得很不錯……那些畫面已成爲我腦子裡的印痕，從來沒有忘卻過。

五年級的暑假，我生平第一次打工。跟著母親到藤工廠打工，但是因爲反應遲鈍又笨頭笨腦的，工作一直做不好，而且我的雙手不夠大，總是無法好好握住需要綑綁的藤條。結果，暑假還沒結束就被所屬主管給辭退了，心裡還因此受了點小小的傷。

入社會後，我在中醫診所工作了幾年。當時每天都有切不完的藥，再硬也要使力切，因此手掌中多了幾粒硬硬的厚繭，陪了我多年。

來澎湖學作農婦後，平日所作也屬粗活，一雙手又粗又醜，就連要伸出手來和人握手，都會感到不好意思。平常作慣家事，也不積極保養，主要也是因為「懶」！哈哈！所以「醜」是理所當然的了。

今天真是開心！開心！開心！因為終於拿到了本地的花生種子。

雖然剪不完的草皮讓我的手指頭痠痛又難以彎曲，但是一拿到花生種子，仍讓我高興得顧不得這些，放下大剪、操起傢伙，馬上又到田裡去了。

我又因為多種了一區本地花生而感到開心不已。

手，已經不可能變漂亮了，那就好好地使用它吧！

仰慕

我很喜歡果樹，尤其看到果樹結實纍纍的樣子，總是感到喜悅，這其中又特別鍾情於桃和梅。

我愛桃、梅，是從什麼時候開始的？

記得國中一年級的春假，我和阿姊一同到姑媽家位於南投縣雙冬里食水坑的深山，一個當地人俗稱「烏土窟」的地方，幫忙採收梅子。

在內山的山寮前方，有一棵我這輩子見過的最大最美的桃樹，那時樹上正結滿了毛毛小桃子，眞是令人仰慕啊！

是的！我仰慕著每一棵大樹。

我站在樹下，光是想像著她開滿桃花的樣子，就幾乎醉了……一定宛如仙境……。

愛桃，大概就是從愛上那棵樹開始的吧！

白天，我們跟著一群臨時工去採收梅子，臨時工群中有男有女、有老有少。

男工主要的工作是在梅樹下鋪上大帆布，再拿長竹竿將樹上的梅子打下來，一顆顆的梅子就落在帆布裡，待樹上的梅子都打落後，幾個人就從各角落拉起帆布，將梅子集中，收進大袋子裡。而女工主要的工作，則是拿著桶子去撿拾落在帆布外、雜草中的梅子。

中午休息時間回山寮吃飯時，我和表姐、表妹等幾個小女生，會順便捧一包剛採收下來的梅子帶回山寮。

將梅子清洗乾淨後，大刀拍破！再撒上厚厚的砂糖醃漬，飯後就開始吃了，幾個人圍在一起，吃它一大碗公。

酸溜溜的青梅，幾個小女生吃起來卻毫不扭捏，而且根本也沒擔心過什麼腸胃問題。年輕，眞是本錢啊！。

愛梅，大概也是從那時候開始的吧！

春假結束要回家時，因爲阿姊想要多待兩天，所以我的大表哥騎著機車只載我一人下山搭公車。

半途中，我告訴表哥，我答應過同學，假期結束後要帶一枝梅到學校給他們看……話還未說完，我那木訥又不擅言詞的表哥已經停下機車，走進梅林，一連折下數枝梅……我在一旁看了急著喊：夠了！夠了！太多了！太多了……。

哇！住山上的人眞是豪氣大方啊！

好笑的是，抱著一大把連枝帶葉的梅上公車後，不但引來車上所有人的側目，行車途中，幾顆熟透了的梅子還咚！咚！咚！的掉落，掉落後，又從我所在的車尾一路向車頭方向滾過去。這隻破舊的老公車，前後高低落差實在太大了！

車上乘客紛紛轉頭望車尾這邊看過來，我臉皮薄，羞得滿臉通紅！內心並且糾結著：滾到前方的梅子，到底要撿不撿？

好美的山、好美的一段回憶……

可惜的是，後來多數的山農們，不再雇工除草，而是大量使用除草劑來解決雜草問題，致使土地變了質，幾年後，梅樹竟然長不出梅子來了。

山農們紛紛砍了梅樹改種檳榔，山上沒了蓊鬱的大樹，看起來是光禿禿的醜，再加上大表哥意外往生了……從此，我沒再上過那座山了。

幾十年過去了，也不知現在的「食水坑」、「烏土窟」變成什麼模樣了？

不久前，台中的家人上網幫我買了兩株桃苗、三株梅苗，這些樹苗因爲地址有誤，加上我出門數天不在家的緣故，委在貨車裡，經過了幾天的流浪和折騰，才終於送到了我手中。

初見面時，一看！心都疼了！感覺它們都快死了！

即使每株樹苗看起來都瘦巴巴的、病懨懨的，但搬下車後，還是讓我開心不已啊！（當時的我，初來此地，雖然熱情滿滿，卻一點都不了解此地的生態環境，嘗試多年之後才知道，除了少數不怕海冬風的樹種之外，其他甚麼樹都種不起來。）

兩株桃苗，其中一株只剩細桿兒一枝，啥枝啥葉都沒了；另一株則除了細桿子以外，還多掛了五、六朵桃花。還眞佩服它的生命力，這自身都快要難保了，如此瘦弱也還撐住了幾朵花。

那花，移植到田裡之後，雖然病懨懨的，卻還是繼續開著。

幾天的東北狂風過後，今早下田一看，幾朵花不見了，這我並不驚訝，但……居然結了桃子了！

哈哈！我樂歪了！不管它們留不留得住，我都很高興了！尤其是它們也開始抽芽了……，是春天到了嗎？

悄無聲息的……春天來了！爲萬物帶來一線生機。

春意，是如此慈悲！

生命，是如此堅韌美麗！

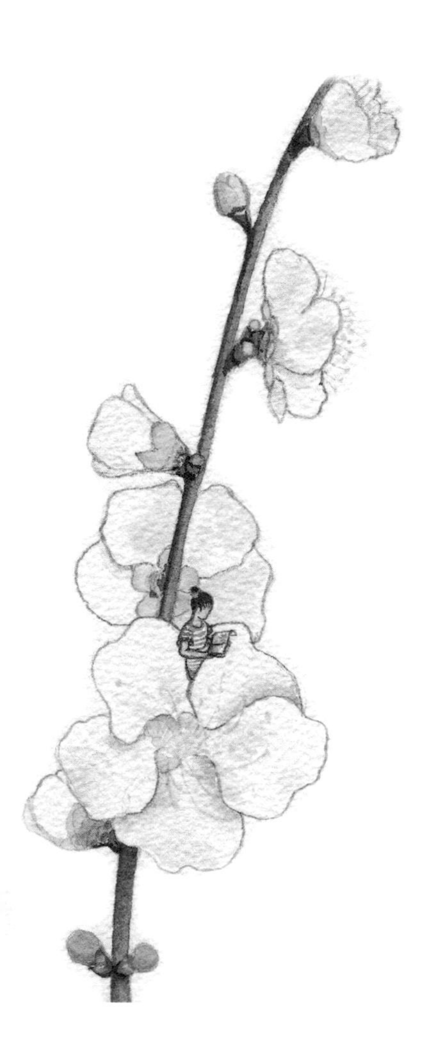

飛起來了

傍晚飯後，我和孩子散步到了海邊。我喜歡漫步，也喜歡閉上雙眼靜靜地聽著海浪聲……當我心無雜念時，我總是感覺我和海浪聲是一體的，而非兩個分別的存在。

沙灘上經常出現大大小小的魚屍，這我們早已見怪不怪了。但今天卻看到一條從來沒見過的魚，仔細地打量了一番……牠兩側的鰭又大又長，啊！是飛魚嗎？

一定是飛魚！我頓時興奮了起來！

扯開喉嚨就喊：「嘿！是飛魚耶！趕快來看！」

兩個孩子正蹲在不遠處和螃蟹玩，聽到我激動的叫喊聲，興沖沖地跑了過來。

小力說：「我們課本裡有教，每年三月到六月是飛魚的季節」。

「那眞是太棒了！說不定我們眞的可以看到從海裡飛出來的魚喔！」我激動地說著。

我們三人面向大海，認眞地望了一會兒、等了一會兒之後，海面上一點動靜都沒有。

當然，這是料想得到的，又不是在蘭嶼，這個海域，飛魚，哪能說看就看到呢！

沒能如願見到飛魚，眼看著天色漸漸暗了，我們只好轉身回家。

途中，不死心的又轉向漁港走去。

但，漁港的景象有些令人失望，除了海藻布滿了半個港灣以外，水面還殘留了不少之前因外籍漁船漏油事件所未能處理乾淨的汙油，這讓漁港看起來黑麻麻又髒兮兮的。

漁港的景象讓我笑不出來了，不懷希望地待了一會兒後，小力突然指著水面上說：「你們看！」

水面上有魚在跳動！

「嘿！說不定就是飛魚！」我說

話才剛說完，魚竟然眞的……

「哇！飛起來了！飛起來了！」

接下來又有另一條突然衝出水面！

我興奮地手舞足蹈：「啊！快看快看！飛好遠！飛好遠！眞的在飛啊！」

我正激動時……只見小日站在我身邊表情平靜、口氣平穩、不疾不徐地說：「這是我第一次看到飛魚。」

……

數量雖然不多，但夠我們開心的了！

我們掛著微笑走回家去。心滿意足——就是這種感覺。（此後至今，在這片海灣我未再見過飛魚出現）

歡唱小吃店

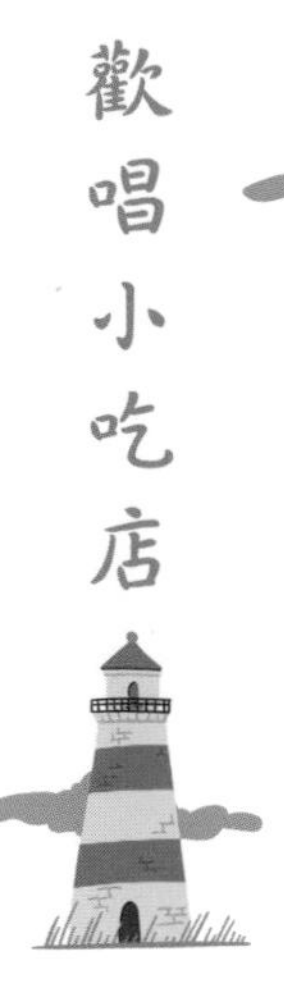

我一個人面無表情，站在田邊呆呆地望著……望著這天氣漸漸暖和以來，田裡那一株株比玉米苗都來得挺壯、漂亮的雜草……看了眞令人有氣啊！

好吧！就決定從今早開始除草吧！

說幹就幹！

蹲在田裡，努力地掘了老半天，覺得這「斬草除根」實在太辛苦、太困難了，尤其是這些野草早已適應了這片土地（或者說到那兒都能適應），根紮得極深，難掘又難拔……。

我這人，其實沒有多大耐性，所以我一邊掘草一邊覺得……得再想想其他辦法。

我換了把小鋤頭，只耙去土面上的草葉部分，根，就不去管它了，工作進度因此很快有了起色，雖然只做了表面工夫，卻已經在偷偷暗笑、自得其樂了！

瞧！我哪裡想得出什麼好辦法，我想的辦法不過就是如此、這般……哈哈！

田裡的番茄結得不多，但常常會給我幾顆小小的紅色驚喜。其中一株長出來的番茄特別小，皮帶些苦味；另一株長出來的番茄特別好吃……我統統都喜歡、都不嫌棄。

去年秋天，鄰居開了家小吃店。這原本是件可喜可賀的事情，但，我卻高興不起來，因爲小吃店居然還附設了我避之猶恐不及的歡唱機！實在是……

從此，只要碰上假日或天氣還不錯的日子，音樂聲、歌唱聲就常常從傍晚開始「砰」到大半夜，晚餐後想去散步的興致都被破壞光了！

我還曾因此而起了個壞心眼——希望歡唱機在過度歡唱的過程中「碰」！故障了……

但是到目前爲止，它還是很大聲，而且拜這台歡唱機之賜，小吃店的生意一直都很不錯。

許多父母都會在孩子小的時候買給他們一些童謠、唐詩、三字經之類的音樂集來輔助學習，這類東西其實我也曾經買過，但只聽了一兩次就收起來了，因爲我實在受不住這類音樂聲。

如今來到這寧靜的傍海漁村，卻還是擺脫不了這些聲音，內心實在感到很無奈。

昨晚，聽到了第一聲蛙鳴。第一隻蛙，第一次唱歌，肯定是害羞了，發出的聲音小心翼翼的。雖然音量很小，但我們還是注意到了！

夜色迷人，我和孩子一起循著聲音去尋蛙……

聽到了！正高興著……小吃店的大喇叭聲又開始了，蓋過了微弱的蛙鳴聲，雖然覺得很掃興，但也沒辦法……

好吧！那就去適應吧！

我決定讓自己那顆一直抗拒的心妥協了，我說服自己：總不能因爲這些聲音就不再出門散步而白白浪費了這醉人的星空和月夜吧！況且，在小吃店裡的人，也因爲歡唱而快樂著的。

那就蛙唱蛙的，人唱人的吧！（數年之後，小吃店的生意，越來越清淡，傍晚的歡唱聲也已經不在了。）

成果

今天是「舊曆三月二三媽祖生」，一大早，天都還未全亮，村裡已經有多戶人家在鳴放鞭炮慶祝了。

從小，我就愛聽鞭炮聲，在那個不知何年何月的幼小年紀，只知道鞭炮聲通常表示：過年了！而哪個孩子不愛過年呢？

一夜好眠之後，才剛睜開雙眼，就被這鞭炮聲感染了好心情，眞是個大好日子！

毫不猶豫地，從牀上一躍而下，打開窗簾，看到東方天空一片橘紅……大自然又無聲無息的再一次上演祂該演的、精采絕倫的——旭日東昇。

我總是感動不已……

上星期六，本村的小學和隔壁村的小學舉辦了聯合運動會，今年輪到本村主辦。

這算是一向無事的村裡的大事，因爲鄰村的居民也都會來參與，所以，不能丟臉的。因此，早在運動會的大約半個月前開始，村裡就花錢雇工請人來整理環境了。

拜這次運動會之賜，學校東邊那片髒亂不堪的海灘，也因此得到了一番整頓。最最高興的應該就屬我和阿姊了，因爲即使我們平日一再去淨灘，但光憑兩名弱女子，成效實在渺小又有限。（可喜的是，現今海灘已有學校師生和村裡志工定期在整理了）

站在陽台上看到一群人有工具、有效率的在清除垃圾，我高興得要跳起舞來了！

這陣子天氣大好，田裡的番茄突然來了一波「生產潮」，一下子長出了一堆小番茄。我種的作物一向歉收，這批番茄如果順利成長的話，肯定會成爲我的驕傲，眞好！連作夢都要笑了！

打從發芽到現在，玉米都沒啥長高，瘦弱得可憐，因爲土壤不夠肥沃，這也才知道平日收集來的廚餘，根本不肥。

今早我突發奇想，海邊退潮後暴露在海灘上的那些海菜，能不能拾回來打成泥當成肥料呢？

喔！或許可行哦！馬上就領著兩個小跟班下海去了！

母子三人一到海邊，看到寄居蟹就玩起了寄居蟹；看到河豚就開心地追；看到小章魚也想抓抓看……結果，正經事都沒做就已經累了，時間也耗掉了！

雖然提了一個大大的水桶要去裝海菜，但回家時，水桶還是空蕩蕩的，最後勉強放了幾片，意思意思……。

午後，不冷不熱的天氣，好到令人感動，舒服極了。缺點就是容易讓人懶洋洋的，只想這邊坐坐、那邊躺躺地吹著風，其餘的，什麼事都不想做了。

晚餐後，我們又散步到了海邊。這時的海灣，風又平、浪又靜，已完美變身成一面寧靜的湖了。

又聽到了海水輕輕往沙灘上推的悅耳聲……我對這聲音又愛又戀……。

孩子撿起小石頭教我打水漂兒，我認眞地試了一遍又一遍，但每次都只是「咚！」的一聲！

喔！遜！

我們一直玩到天色幾乎全暗了，才心甘情願地走回家去。

雖然又過了無所作爲的一天，但成果還是有的，那就是「開心」！

第二個夏天

天氣真的有點夏天的樣子了，我們在西嶼的生活，正迎來第二個夏天。

兩個孩子整天都頂著一個熱烘烘的紅臉，一下子喊著要吃冰；一下子喊著要游泳……最後我們決定去游泳了！

對於在這裡土生土長的村民來說，「海」似乎早就不稀罕了，當然也引不起他們對「海」的興趣了，所以寬闊的海灘上，除非來了遊客，否則通常就只有我們母子三人而已。只要天氣好，我們通常受不了它的誘惑，不去走一趟似乎很難受。

時節還不到正夏，今天午後，突然起了一點微風，站在岸上當然是舒服極了，但若孩子要下水，全身濕透之後，吹到風可能會著涼……

我正在猶豫著要不要改變主意時，兩個孩子已經脫掉衣服衝向大海跳下去了！想阻止也來不及了。也是啦！都等了一整天了，這時候如果再阻止他們，恐怕只會引來「民怨」，就隨他們去了！

小力一心只想教會我游泳，所以最近只要一到海邊，就會積極地爲我講解如何憋氣、如何撥水、如何換氣……等問題，現在他正露出一顆濕漉漉的頭，大聲地喊我：快下來！快下來！

嘿！抱歉！看我提著兩個大水桶過來，也該知道我今天是另有任務的，不是專程來玩水的。

一桶是用來撿玻璃的。把視力所及範圍內的玻璃撿乾淨，我的孩子和遊客來玩水時，才會更安全。我理想中的沙灘，應是可以放心地赤腳奔跑的。

另一個桶子則是用來裝海菜的。

才一天而已，海灘上的海菜變好多，根本不需要我再從石頭上採下來。拜今天的微風小浪之賜，海上漂來一大堆海菜，撿都撿不完。

從石頭上採下來的，會夾雜著許多細沙子，而自個兒漂來的，連沙子都被洗乾淨了。

哇！我感覺自己實在太幸運了！才一下子就撈了一桶海菜，工作也提早結束了。

脫掉鞋子，對著孩子大聲喊著：我來了！

回家梳洗過後，趕緊開始打海菜汁。但卻沒想像中那麼容易，雖然多耗了一些時間，但最終還是讓我打出一桶海菜汁了。

眼看著天色已暗，我趕緊提著海菜汁下田去了。

抱著做實驗的心理，把海菜汁一一的澆沃在玉米苗上。很想早點看到它們到底會起到什麼效果，如果眞的能給玉米一些養分，那我就不用愁了，因爲海灘上的海菜多得咧！

餵飽了玉米，卻忘了餵孩子和自己，爲了這桶海菜汁，弄得我沒空煮晚餐了。

這下可樂了那兩個小傢伙！先是試探性地問我，可不可以到便利商店買他們愛吃的晚餐？見我猶豫著沒有馬上說：「不！」時，隨卽又孝順地要我放心，說他們也會幫我買很好吃的素食回來……誠意十足，也就不忍拒絕了。（茹素近二十五年之後，我開始隨意吃，葷素不忌，飲食沒有特別好惡，方便、能塡飽肚子就好。）

不過，對於他們一致認爲便利商店賣的東西比他們的媽煮的更好吃這件事，還眞令人有些……

晚餐買回來了。除了晚餐以外，他們還各自多買了一包零食，明天學校要帶他們去戶外教學了。

因爲充分地感受到了他們的期待和喜悅，因而我也打從心裡泛出了陣陣的幸福感和甜意。希望明天的戶外教學活動，平安、愉快！

得與失

很幸福……

每天早晨在雞啼聲中醒來，讓我感覺很幸福。

對於「雞啼」，我從來不會因爲習慣而不當它是一回事，我總是認眞地聽著……。

不過，最近的雞啼聲卻讓我有了一種奇怪的感覺，我竟然感覺這些雞近來很不快樂，我老覺得我聽到了牠們啼聲裡的……怎麼說呢？反正就是沒了精彩和樂意！

是不是不喜歡被關著呢？

喔！那是當然的了！誰會喜歡被關著？不自由，是最最痛苦的事了。

但前陣子我分明感受了到牠們的快樂啊！好像是在初春時，我當時猜測是母雞生了蛋了，這時候牠們會興高采烈地叫著，叫聲很不一樣，那時連我都情不自禁地跟著瞇眼微笑。

小時候，我們的房東養了一群雞鴨鵝，我是從那兒「聽」來的經驗，而且是養雞高手——阿姆親授的知識。當然，我感覺雞不愉快的這件事，是不能隨便告訴別人的，以免他人覺得這個怪怪的女人，可能不只是怪怪而已！哈哈！（幾年後，村裡最後的養雞人家，也不再養雞了，我已經好多年沒再聽到雞啼了。）

晚餐飯後散步時，看到了天邊出現一道道的閃電，果然在進家門後不久，開始下起雨來了！

和孩子尋了幾天都不再出現的蛙鳴，終於在下了幾個小時的雨之後，又出現了！眞是令人開心啊！

哪需要費心去找？牠們想叫就叫了！

只可惜，此時兩個孩子都已經呼呼大睡了，要不然一人撐一把傘再次出門散步，多了細雨和蛙鳴的陪伴，都不知要有多浪漫了！

過了子時了，其實我也早就累了……

我一向早睡，此時卻明明白白的清醒著。雖然也想像孩子一樣躺在牀上呼呼大睡，但劇烈的頭痛卻緊抓著我不放，止痛藥不止痛，也就束手無策了，只能和往常一樣，乖乖地捱著。

雨，終於停歇了。此時又有了走出去的衝動，爲的只是想要更靠近蛙鳴，想要更身歷其境地處在蛙的交響樂中。

但這時候，不遠處卻傳來群狗驚心動魄的狂吠聲……

唉！這麼美好的夜晚，幹嘛吵架啦？

我膽子小，想要踏出門的腳，馬上又縮了回來。

乾脆上樓去。

站上陽台，雨後空氣的味道，特別乾淨、清涼。倚著欄杆，吹著清風，吹著吹著……人也陶醉了。

大馬路上一輛車也沒有，當群狗們都恢復理智停了吠聲時，滑過耳邊的風，聲音柔和、清晰。遠處長長的路面上，因雨濕而倒映出了一排朦朧的路燈，又靜又美……

此情此景，我覺得自己都快醉了！

因爲頭痛失眠，讓我有了此次至美的視覺和心靈饗宴，生命中的得與失，如何論呢？

娑婆世界

看到附近人家照顧的一排排整齊又漂亮的花生田時，總是讓我打心底的佩服，太厲害了！到底是怎麼做到的？

再看看我自初春後就費心打理的花生田，眞是令人感到汗顏，排列行線不但歪七扭八，還因許多種子沒發芽，導致看起來東一撮、西一撮的，總之就是亂七八糟。

小日在看過別人家的花生田之後，前幾天下田幫忙除草時，忍不住唸了我幾句：「媽媽！你也應該認眞一點了吧！看你種的花生，亂七八糟的。」聽得我哈哈大笑！心想，這傢伙一向散漫，現在居然認眞了起來，認眞起來的樣子，眞是太可愛了！

我的小日，個性散漫，依我的標準來看，還覺得他很懶惰，但是他眞的很可愛，連生氣都讓我覺得：怎麼這麼可愛？

我偶爾站在房門外，笑聽著兩兄弟聊天或吵架，眞的很好玩！兄弟倆頂多就是拌拌嘴，從來不曾動手動腳。我覺得孩子們連吵架都很可愛！

夜裡，下起雨來了……

一早醒來，外頭一片灰濛濛的。一時之間彷彿讓人有種時間錯亂的感覺，這樣的天色就好像快要入夜了一樣。

此時，外頭狂風大作！

這風，狂得讓我有些不能諒解，明明再過幾天就要「立夏」了，還吹這般東北風……

我又開始爲田裡的玉米擔心，好不容易才長大一點點。

看來這娑婆世界，不僅僅是有情衆生要「堪忍」，連植物也要「堪忍」啊！

家人來訪

四月底，我在台中的家人，包括我父母和小弟一家四口都一起過來玩了。

打從他們計畫要來澎湖開始，我的姪子小寬、姪女小涵和我的兩個孩子，就天天數著日子在期待，這天，終於也讓他們盼到了！

大概是受了上回來時正好遇上東北季風加上颱風共伴效應的恐怖記憶所影響，這次，爸媽居然帶了三大箱蔬菜水果乾糧來，看得我有些傻眼。

看來他們是眞的誤以爲澎湖是個鳥不生蛋的地方了。還好我和兩個孩子平日三餐頗爲簡單，一個冰箱總是空蕩蕩的，要不然還眞不知道這三大箱食材要如何存放咧！

小寬還未上幼稚園，說話時咬字還是很「臭乳呆」的，很好玩，也超級可愛！我喜歡學他臭乳呆的口音和他說話。

「走！姑姑帶你去海邊看咖（鯊）魚。」我說。

小寬回我：「這裡沒有咖魚啦！」他並不想跟我走。

「要不然帶你去找螃切（蟹）？」我問。

小寬睜大了眼睛問：「螃切？耕個（眞的）嗎？」

「耕個！耕個！當然是耕個螃切！」我誇張地說著。

阿嬤在一旁罵我「教壞囝仔大細」。我聽了哈哈大笑！

在我哈哈大笑的同時，小寬也用狐疑的眼神看著我。他一定覺得這個久久才見一次面的姑姑很奇怪，每次跟他講完話都要配上哈哈大笑！（諸位看倌請放心，小寬在不久後，說話咬字就完全沒問題了，字正腔圓。）

媽媽下田參觀我的農作物時，對於這塊被她稱之爲「無希望」的土地能長出又多又好吃的番茄感到很驚訝，此時，我則有點沾沾自喜。

很慶幸家人來的那幾天，天氣都很不錯，不冷不熱的，空氣更是有別於大都市的清新怡人。這也讓我的爸媽對於澎湖的印象有了些許改觀。

那一夜，有星有月有微風，外頭安靜、清涼。我們在露天的樓頂上鋪了張大草蓆，大夥兒躺下來看星星。

不遠處，偶爾傳來斷斷續續的蛙鳴，好聽極了。這樣的夜，讓大夥兒都覺得又舒服又享受。

星期一，是花火節施放煙火的日子。這原本是我和阿爸一向都不太感興趣的活動，但我爲了配合其他人，而阿爸爲了配合我，全家人一個都不少，就這麼一起去了。

現場可謂人山人海，所以我們多繞了一小段路，找到了一處人少視野又好的地方，坐下等待。

「哇嗚！哇！」當煙火開始綻放時，大家都驚呼連連！

媽媽輕責我，怎麼沒有帶相機呢？她又驚歎又高興地說，這把年紀了，這輩子從來沒有像這樣近距離的看過煙火。

我很高興大家如此開心，尤其是爸媽。

四天三夜就這麼匆匆地過了，下回來時，大概又是一年後了吧！

我知道了

不知是不是因爲天氣好的關係？前兩天的月亮即使還不到滿月的狀態，但也已經感覺到她特別的清亮了，晚上出去散步時，月光亮到能照出人影，天邊像是多了一盞宇宙超級大路燈。

聽說今晚的月亮是「超級月亮」，看起來會比平常的月亮更大更亮。平日我們就喜歡在晚上出去散步觀星看月的，今晚當然更不能錯過欣賞超級月亮的機會了。

當天色一暗，我和小力就已經出去巡望好多次了，進門時，嘴裡總不約而同的叨唸著：奇怪！怎麼還沒出來？

等到七點多時，月亮終於出來了，她到底有沒有比平常更大？我實在看不出來，但今晚初露臉的她是如此的美麗，朦朦朧朧的，色兼黃紅，像極了一顆「紅仁」的蛋黃，眞的好美啊！

小力親自種的玉米，終於長出玉米穗了。

小力是個從不讓人操心的孩子，他一向早睡早起，所以打從玉米結穗以來，他每天早晨起牀的第一件事——就是去看玉米。

他在出門前通常會先走進我房裡，在我耳邊輕輕地告訴我：「媽！我要到田裡看玉米囉！」我總是伸出大大的雙臂，用力地抱抱他之後，才肯放他去看玉米。

每天放學回來，小力放下書包後的第一件事情，也是到田裡去看玉米。他還把他所種的玉米取名叫「小玉」……

他的媽媽喜歡和植物說話已經很「嚴重」了，看來他比他媽有過之無不及。

看完玉米之後，他也會順便幫我巡視一下番茄，如果有成熟的，就摘下來帶回來給我。

小日所種的玉米，發展就沒有那麼好了，他懶得照顧，我也不想多幫他，所以到現在還是嚴重的發育不良。

當他看到哥哥的玉米已經結穗時，不禁羨慕了起來，後來哥哥看他可憐，用手指了一株正在開花的玉米欉說：那欉送給你吧！

小日不帶任何表情的默默地接受了。一如他和大家一起在看煙火時一樣的冷靜，當我們看煙火看得大呼小叫、驚歎連連的時候，一行人中，就只有他和阿公是不出聲的、靜靜地看著的。

這孩子眞「冷」，根本就是我小時候的翻版。哈哈！

田裡的花生已經開花了，小小的黃色小花，可愛極了！但是我實在不懂，爲什麼花開在地面上，果卻結在地底下咧？

我的「求知慾」一向不強，沒有找答案的衝動和慾望，所以也只是新奇的感覺

「這世界眞是無奇不有啊！」如此而已！

就好比下雨時，看到從天上掉下了無數顆水珠子……對我來說這不僅僅是老天爺的恩賜，更是件又美又不可思議的事（只要不下過頭），即使學生時期時，在學校學了一些科學常識，我也不想拿來這裡做解釋和連想，我一點都不想探究什麼科學原理，太理性通常缺乏美感，且破壞了所有的浪漫和遐想，這恐怕讓我的牛郎織女眞的要哭了。

愚婦是吧！我知道！

哈哈！

打從我開始下田學種植以來，就對各式各樣的種子感到好奇，只要拿到手，什麼都想種看看。

忘了是多久之前的事了，我買了一包「皇帝豆」，下鍋前留了幾顆想種看看，沒想到皇帝豆居然這麼好種，不僅順利地發芽、攀藤、開花，現在還掛了幾個大豆莢。

某天，住在附近的阿婆看到了，忍不住唸了我：有心種了怎麼不多種一點？種那麼一些，一次都不夠煮……

我聽了笑著回答說：下次我知道了！

花生也是，今年雖然種得亂七八糟的，但試過這次之後，明年如果再種，我就知道該怎麼種出漂亮又整齊的花生了。

大竈

因爲沒有買車，所以我不常去馬公市區。後來，如我親哥一樣的鄰居楊大哥，買了輛很新的二手車，他把即將報廢的舊車借給我使用。眞是太棒了！對我來說，方便多了！（澎湖俗稱「鹹水煙」的含鹽空氣，鹽分很重，稍一疏忽擦洗、保養，車子就生鏽了，所以許多在地居民家裡如果沒有很周全的車庫，都會覺得買全新的車糟蹋了。）

昨天小日在馬公有一場桌球比賽，所以我趁著去馬公的機會，跑了趟北辰傳統市場。

其實，老早就在肖想楊大哥家的大竈了，自從他母親過世後，老竈就沒人使用了，竈間早成了雜物間，我總覺得可惜，那麼好的竈。

經過詢問後，楊大哥允許我們隨時去使用。

第一次用大竈，我該煮些什麼呢？想了老半天，最後決定「包粽子」來試試看。

在市場裡東問西問、竄來竄去，終於買齊了包粽子所需的一切材料。匆匆又趕往桌球比賽現場，正好輪到小日上場比賽。

嘿！還好沒有錯過，眞是太幸運了！

今天早上，兩個孩子都上學後，我就搬出了昨天採買的所有食材。準備工作眞的很繁雜，我開始了洗洗洗、切切切、炒炒炒……等工作。

說眞的，我雖然愛極了竹葉香，但還眞不喜歡洗粽葉，主要還是因爲沒耐心吧！

如果沒記錯的話，自小學二年級開始，我就參與了家裡的綁粽大事，當然是從洗粽葉開始的，當時因爲覺得洗很久都洗不完，所以討厭！

三年級那年，我就學會了包粽子，但一直包得不夠漂亮，丟臉的是，到現在粽子的外形也沒有好看多少，而我也不求進步，只覺得綁得起來、看得出是粽子，煮的時候米粒不會跑出來就好了。

忙了一個上午，終於也讓我順利的綁完那些粽子了。像這樣能「順利」而不出無法彌補的大錯，就足以讓我覺得心情愉快了！

午後小日放學回來，我邀他一起去弄大竈，他一口就答應了，看起來也和我一樣興奮，有了這個小幫手，過程一定更好玩。

著手進行後才發現，我們這兩隻菜鳥，光是要把火點起來就困難重重了！

兩個人搞得滿頭大汗，我的眼睛被濃煙薰得眼淚直流。但是小日這條懶惰蟲，今天突然變得很積極，需要的東西都不必等我開口，他就先開口說：我去拿！

最後看到火旺起來了，我們兩個都興奮不已！小日說：「好可惜喔！葛格都沒有看到！」

火一旺，水很快就滾了。我們順利的煮下了粽子，不久粽香就飄出來了……哈哈！越來越興奮了！

突然想到……

我跑到外面去看煙囪，果然看到煙囪上出現「炊煙裊裊」……哇！好久不見的畫面，好懷念啊！

隨著炊煙傳送出的粽香，也傳送到整個小村落了，想必現在家家戶戶都知道，村裡有戶人家在煮粽子，哈哈！

粽香，這味道真令人懷念和感動。

傍晚小力也放學回家了。我和小日開始向他炫耀我們有多棒……，想不到讓他感興趣的並不是「起火」，而是「綁粽」！他開始吵我：「媽！你趕快教我包粽子啦！」

看來，我後繼有人了！

晚餐後（吃的當然是粽子）出門散步時，看到今晚的月亮，我和小力都驚呼了起來！好大、好漂亮喔！

對我們來說，今晚的月亮才是眞正的「超級月亮」，因爲看起來明顯的大了。

我們急著想騎上機車衝到跨海大橋去賞月，那裡的視角加上海水的倒映，一定美呆了。

可惜小日的作業還沒寫完，獨留他在家裡寫作業太沒義氣了，所以我和小力只好在一旁等！等！等！

近九點，小日的功課終於寫完了，但月亮也躲起來了。今天星期一，乾脆把機車騎到隔壁村看煙火好了。

我們站在海堤岸上，等著九點對岸馬公施放煙火。

不久，遠處響起轟隆隆的聲響，煙火開始綻放了……天空和海面上同一時間出現了一會兒紅、一會兒綠、一下子黃、一下子白的絢麗和燦爛……。

流汗

我的小弟，是個熱愛各項運動的人，他常常勸說我，要我找出能讓自己喜歡的一項運動，然後持之以恆，養成每天運動的好習慣。

我總是敷衍他說：雖然我也知道運動很重要，但是我討厭流汗！

今早六點未到，我已經站在田裡揮鋤工作了，才一下子，就已經滿身大汗了！

當我彎腰時，看見了自己的汗一顆顆的滴落在泥土裡，突然想起「憫農詩」，這時候更加覺得這首詩寫得太好了！

站在兩排玉米中間，風一來，就清晰的聽見那長長的玉米葉隨風搖曳時所發出的聲音，那聲音令我陶醉……。

當我停下動作、停下念頭、閉上雙眼，讓一切只剩下「聽」時，我感覺自己就是那遠道而來的南風；放下腦子裡粗糙的雜念，讓一切只剩下「看」時，又覺得我就是那隨風搖曳的葉子……

「萬物一體」這句話，對我來說，眞實不虛！

忽然又想到先前和我弟弟的對話。我不是一直都認爲自己討厭流汗嗎？怎麼在田裡滿身大汗卻沒有討厭的感覺呢？

喔！我懂了！原來我不是眞的討厭流汗，我只是單純不喜歡運動！哈！眞好笑！

或許我們並沒有自以爲的那般了解自己。

這雜草眞是難纏，成長的速度實在太快了，怎麼除都趕不上它們的生長，眞令人洩氣！

而我這腰桿兒，也眞的很遜，像這樣在田裡才工作一個多小時，就已經覺得腰快挺不起來了。回到家坐下來後，也像個老太婆一樣哎哎叫了。

因爲蛙鳴，今晚我和孩子在外頭多待了一些時候。

記得小時候，爸爸和幾位叔叔、伯伯在田埂上釣青蛙時，會把手掌放在嘴邊，製造出一種能吸引青蛙靠過來的聲音，每次都能有效地釣到更多青蛙。

今晚我和孩子不斷地在練習，但聲音一直「吸」不出來，我們所製造出來的聲音就像在熱烈親吻一樣，搞得我們哈哈大笑！想必青蛙們此時一定覺得特別噁心想吐！

今晚月娘沒有出來，因此墨黑天空中的點點星光就顯得格外明顯，好美啊！

眞好啊！有月亮也美，無月亮也美！

但，不時抬頭讓我這「老人家」的脖子有點吃不消，所以我們決定回家上頂樓鋪草蓆賞星星。

草蓆一鋪，三個人同時躺下來又同時發出了「啊！」的舒服嘆息聲，因爲這時候涼風徐徐，又剛走路回來，能躺下來眞的很舒服啊！

無止無盡的夜空，又美又遼闊……

小日說：「這樣看星星，感覺好像在宇宙中」，沒錯啊！我們就是在宇宙中啊！

不過，我的舒服並沒有維持多久，我很快就覺得過涼了，老人家受不了涼，站起身來催著孩子說：「好了好了！走走走！」

兩個孩子不悅地說：「喔！媽！你很掃興耶！」

看來我眞的老了！

死了也甘願

此時，是我在西嶼的第五個春天。

有一段長時間了，傍晚我會到鄰村的濱海小路「快走」，幾乎每天都去。

這裡因爲有「澎湖山」的遮擋，在幾處彎道中，其中一處的地理位置，剛好可以避開冬天的東北季風。

春天到了的時候，這一處彎道總是很快地就吸引來群燕聚集。還未走近，就能聽到嘰嘰咂咂的熱鬧聲，這聲音總能引起我的微笑，好可愛呀！

當附近沒有人類出現的時候，從遠處就能望見燕子們一隻隻停留在馬路上，遠遠看起來黑黑一坨一坨的，走近了，牠們才飛起來。

一開始並不明白爲什麼牠們喜歡飛到地面上，後來仔細看才發現，地面上有好多小小隻的毛毛蟲在爬動，哈！原來如此！

在澎湖歷經了幾次「蟲蟲危機」，每次都讓我崩潰地舉雙手投降，看來春來的燕子，幫了大忙了。大自然默默地在平衡著一切，「順其自然」眞的是至理名言。

今天傍晚，我仍去快走。走到靠近無風的彎處時，突然感到疑惑……

咦？今天怎麼這麼安靜啊？燕子們安靜無聲，跑哪兒去了？又遷徙了？不可能啊！這春天才剛開始……

帶著滿腹的疑惑走抵彎處，我停下腳步四處張望，想要找到燕子，哪怕只有一隻……

沒有！就是沒有！這詭異的安靜，讓我有些許不安。

突然，頭頂上方傳來一聲霸氣的鳴叫！抬頭一望，我整個人驚呆了！

是鷹啊！而且是一大群的鷹啊！

我仰著頭，呆若木雞的站了幾秒，幾聲霸氣的鷹鳴又陸續地傳來……我終於緩過神來！緩過神後，隨之而來的情緒就是——興奮！

天啊！我的天啊！我真的找不到任何形容詞來表達我內心的澎湃和激動，總之就是：樂瘋了！

澎湖山眞的很矮，所以當群鷹近山盤旋時，感覺離我好近，這和以往在深山中以非……常遠的距離來賞「一」隻鷹的感覺，當然是天差地別的。

這是我此生第一次看到這麼多老鷹，也是最近距離的一次，那優雅的鷹姿、那傲視一切的王者霸氣，都讓我折服。

我目不暫捨的一直望著……一直望著……

感動、興奮之餘，內心居然有種「今生能見到這種場景，就算現在死去也甘願了」的想法。

突然想起兩個孩子正在家裡寫功課，我應該帶他們來看看這難得一見的場景。

因爲此處離家還有一段距離，我急忙半走半跑地趕回家中。

一回到家，我激動地喊著孩子，幾乎語無倫次地說著我看到……總之跟我走就對了！

天色已漸暗，走路太慢了，我開著車載小力、小日過去。

一回到現場，我又驚呆了！居然什麼都沒有了……

怎麼會這樣？剛才明明有一大群，怎麼現在連一隻都沒有！

沒看到鷹，他們兩個好失望。

晚上躺在牀上，回想著傍晚所看到的一切，心想著：難怪今天都沒看到燕子，躲得好！眞是一群聰明的傢伙……想到這裡，我又微笑了！

後記

此時此刻，一個人兩隻貓。孩子都長大了，一晃眼，我在西嶼的日子已經超過十年了。想想彼時……想想此時……突然發現，我變勇敢了！

依稀記得剛搬來的時候，雖然白天胡搞瞎搞好不快樂，但膽小的我一到夜裡，周遭任何風吹草動都會讓我感到緊張、害怕。

爲母則強，「必須保護好孩子、必須讓孩子安心」的想法，讓我在一次次的害怕中挺過來。

如今，大部分的時間我都是獨處的，但是，不怕了！

於我來說，勇敢不是我與生俱來的，生活的打磨是主要的原因之一。

將來會老死在澎湖嗎？不知道！說不定哪天與某地的緣又到了，我又飄到別處去了！

不過，我眞心感謝澎湖、感謝西嶼能容我這異鄉人，在我的人生旅途中，這是一段美好又重要的旅程。

無論在這裡經歷過甚麼，相信這一切都是宇宙給我的最好、最美的安排。

國家圖書館出版品預行編目資料

深情海岸／一小石著. --初版.--臺中市：白象文化事業有限公司，2023.10
面；　公分
ISBN 978-626-364-057-3（平裝）

863.55　　112009020

深情海岸

作　　者　一小石
校　　對　一小石
發 行 人　張輝潭
出版發行　白象文化事業有限公司
412台中市大里區科技路1號8樓之2（台中軟體園區）
出版專線：（04）2496-5995　傳真：（04）2496-9901
401台中市東區和平街228巷44號（經銷部）
購書專線：（04）2220-8589　傳真：（04）2220-8505
專案主編　林榮威
出版編印　林榮威、陳逸儒、黃麗穎、水邊、陳媁婷、李婕
設計創意　張禮南、何佳諠
經紀企劃　張輝潭、徐錦淳
經銷推廣　李莉吟、莊博亞、劉育姍、林政泓
行銷宣傳　黃姿虹、沈若瑜
營運管理　林金郎、曾千熏
印　　刷　基盛印刷工場
初版一刷　2023年10月
定　　價　250元